継母の連れ子が元カノだった

手を伸ばせば君がいる

Mamahaha
まま
はは

Tsurego
連れ子が

Moto
kano
元カノ

だった

10

JN109965

「結女さん。せっかくバレンタインなんですから、あれやりましょうよ、あれ」
「あなたたち、なんで基本的に、発想が思春期男子なの？」
伊理戸結女
Yume Irido
東頭いさな
Isana Higashira

『あー、あれね!』
Happy Valentine
南暁月
Akatsuki Minami

結女はちらりと横目で僕の顔を見上げた後、こ
ろんとまた体勢を変えた。
仰向けに。
降参した犬のように――両腕を広げて。
「……私は、……怒らないけど……？」
ニットを持ち上げる膨らみを、僕に委ねるよう
な体勢に、しばしの間、息が止まった。

継母の連れ子が元カノだった10

手を伸ばせれば君がいる

紙城境介

角川スニーカー文庫

23571

目次 Contents

004 こうして始まり、こうして続いていく

042 隠し事は蜜の味

095 ただの女の子の告白

140 手に入れたもの、輝かしい幻覚

217 手を伸ばせれば君がいる

illustration: たかや Ki
design work: 伸童舎

こうして始まり、こうして続いていく

伊理戸結女《いりどゆめ》◆新しい日常

「いってきまーす」

玄関で靴を履きながらそう言うと、リビングの戸を開けたお母さんが不思議そうな顔をした。

「あれ？　どこ行くの結女？　元日から……」

「友達と約束があるから」

我ながら嘘《うそ》が上手《うま》くなったものだ。この九ヶ月間の後ろめたい同居生活が、真面目が取り柄の私を嘘つきにしてしまった。

でも今だけは、その後ろめたさが心地いい。

「そう。気を付けてね〜」

「うん」

何事もなく、私は玄関を出た。

一月の寒風が肌を刺す。私はマフラーを口元までずり上げると、門を出て歩いていく。

そして一個角を曲がったところで立ち止まると、身を隠すように石の塀にもたれかかった。

しばらく待つと、足音が近付いてくる。私が背中を浮かせると、ちょうど角を一人の男の子が曲がってきて、私に向けて軽く手を振った。

「よう」

「うん」

短い挨拶。

それもそうだ。『おはよう』も『こんにちは』も、とっくに家の中で済ませている。

義理のきょうだい――そして恋人。

伊理戸水斗《みずと》と横に並んで、私は歩き出した。

「新年早々外出なんて元気だな、世の中の人間は」

仏頂面をわずかにマフラーで隠した水斗は、いつもより少しだけ幼げに見えた。

「あなたが出不精すぎるだけでしょ？」

「世の中が活動的すぎるだけだ」

「人類がみんなあなたみたいに怠惰だったら、すぐに滅んじゃうじゃない」

「そうなってても大丈夫なように、さっさとＡＩだのロボットだのに文明を支えてもらいたいね」

「尊厳ゼロね」

呆《あき》れて言いながら、寒さで赤くなった手に白い息を吐きかける。

水斗がそれを横目で見て、

「手袋着けてくれば良かったのに」

「んー……忘れた」

嘘。本当は、ちょっとした下心。

私は両手を下ろすと、ポケットに突っ込まれた水斗の手に、軽く手の甲を押し当てた。

前に習った、それとないサイン。

「…………」

「…………」

少しだけ間があって、水斗は何を言うでもなくポケットから手を抜いた。

そして、懐で温まった手で、冷たく冷えた私の手を包み込む。

「……ふふ」

リアクションは、少しの微笑だけでいい。

私は一歩、水斗の肩にくっつくと、絡めた手の温《ぬく》もりを感じながら、神社を目指して歩いた。

一月一日――私の今年は、こうして始まった。

伊理戸水斗◆初詣デート

改めて二人だけで初詣に行こう、と言われたときは、行くかどうかよっぽど迷ったものだったが、運命とやらに散々翻弄された僕たちのことだ、心機一転、今後を占う意味も込めて、ここらで神様の顔色を窺《うかが》っておくのも悪くない。神って奴《やつ》が頼れるかどうかは別にして、せめてこれ以上呪われたくはない、と願うのは、信心とは関係のない人情だろう。

行き先は、深夜に結女が南《みなみ》さんたちと行った有名な神社ではなく、近場にあるさほど有名でもない神社だった。犬も歩けば神社に当たる京都の土地柄は、こういうときだけ便利だ。

午後に行けば多少は空《す》いているかと考えた僕の予想は、果たしてまったく的外れだった。

「うげえ……」

「ほらほら。嫌な顔しないしない」

鮨詰《すしづ》め、と呼んでも差し支えない人混みにげんなりした僕を、結女はぐいっと引っ張る。

「この人混みなら知り合いに気付かれる心配もないでしょ？　考えようじゃない」

「いつから君はそんなポジティブシンキングになったんだ……」

「んー、今日からかな」

へへ、と結女は照れ笑いをした。ああそうか。浮かれているんだ。正月の特別感にではなく、新しい関係と、新しい日常に。

僕もきっと、他人《ひと》のことを言えはしない。でなければ、初詣に来るなんてらしくもないこと、するはずがないのだから。

付き合っていた頃――ああ、この言い方はもう正確じゃない――中学の頃、僕たちは一緒に初詣には行かなかった。

僕も結女も人混みが好きではなかったし、冬休みはそれほど顔を合わせる機会もなかったから、どちらもなんとなく言い出せなかったんだろう。あのとき、神様にちゃんとお祈りしておけば、別れる羽目にならずに済んだのかもしれない――

――ああくそ。癖になってるな。

こんな回顧にはもう何の意味もないのだ。僕たちはもう、元カレでも元カノでもなく、正真正銘で現在進行形の、恋人同士なのだから。

二礼、二拍手、一礼。

長蛇の列に並んで賽銭《さいせん》を入れて、僕たちはしっかりと祈念した。

今度は末長く、上手くいきますように――と。

いさなのイラストレーターとしての成功を願う案もあるにはあったものの、まあ、僕の見立てが確かならば、あいつに神頼みは必要ない。人事を尽くして天命を待つ、という言葉もあるが、どうしても天命に嫌われたくないなら、あいつ自身を参拝させるべきだろう。

縁というものは、つくづく運だ。

運命の悪戯《いたずら》でこういう運びになった僕だからこそ断言できる。人の縁ほどの運ゲーはない——だからたぶん、神様に頼むしかないのだ。この縁を頑張って守っていきますから、どうかお力添えをしてください、と。

下手《したて》に出るしかないのが不服だが。

「ねえ、おみくじ引きに行こ？」

参拝を終えると、結女に誘われて、社務所の列に並んだ。そこでおみくじを引いて、巫女《みこ》さん（たぶんバイト）に神のお告げが書いてある紙と交換してもらう。

それを持って社務所から離れると、結女が振り返りながら言った。

「巫女さん、可愛《かわい》かったわね」

「まあ、そうだな」

「来年は私もバイトしようかな」

僕は思わず、その姿を想像してしまった。紅白色の巫女服を着た結女。長い黒髪を一つに束ねていて——

「……わざとらしいな」

「どういうこと⁉」

「似合いすぎだってことだよ」

結女は膨れっ面になり、

「……素直にそう言えばいいのに」

「黒髪ロングの巫女服姿を素直に褒めるのは、短絡的なような気がしてなんとなく憚《はばか》られてさ」

「オタクめんどくさ！」

容姿や髪型からして巫女服が似合うのはわかりきってるが、意外性がなさすぎて発想として負けてる気がするんだよな。いさなの創作を手伝っているせいだろうか。……まあ、巫女服が見たくないわけではないけど。

「それよりおみくじ。早く見よ」

「話題を振ったのは君だけどな」

僕たちは一緒に、それぞれのおみくじを広げた。

僕が小吉で、結女が末吉だった。

「……そこそこだな」

「……そこそこね」

個人的に大きな契機があったからと言って、神様は忖度《そんたく》してはくれないらしい。

「あ、そういえば知ってるか？　おみくじで重要なのは、この、上のところに書いてある短歌だって話」

「え？　そうなの？」

恋愛とか商売とか学業とかの項目に目を惹《ひ》かれて、ほとんどの人は存在さえ知らないかもしれないが、おみくじの一隅には短歌が記されている。これには何十種類かのパターンがあり、その内容が神のお告げになっている――と、ネットのどこかで読んだ。

「……つまり怪しい情報ってこと？」

「そうとも言うが、そういえば注目したことがなかったなと思ってさ」

「確かにね……」

せっかく思い出したので、ちゃんと読んでみることにした。

僕のおみくじに記されていたのは――

春風に　池の氷も　とけはてゝ　のどけき花の　かげぞうつれる

「……溶けたんだ？　氷」

僕のおみくじを覗《のぞ》き込んだ結女が、鬼の首を取ったように笑った。

「ねえ、花って誰のこと？　溶けた池に映ってるらしいけど？」

「……自意識過剰」

くすくすと結女は小気味良さげに笑う。ああもう。おみくじが勝手に言ってるだけなのに、なぜか僕が恥ずかしくなってきた。

「君のほうも見せろ！」

手首をぐいと引っ張っておみくじを覗き込む。

結女のおみくじに記されていたのは——

のどけしと　見えしうなばら　かぜたちて　小舟危き　おきつしらなみ

「……なんか不穏だな」

静かな海に波風が立って、小舟が危ないぞ——っていう歌だと思うが、これが今年の運勢の暗示だとしたらそこそこ縁起が悪い。末吉って思ったより下のランクなんだな。

結女はおみくじからすいっと目を逸《そ》らして、

「た、ただのおみくじでしょ？　こんなオカルトで不安がるなんて、子供なんだから」

「そんな不安そうな顔で言われてもな」

僕は小さく笑い、結女の肩を軽く叩《たた》いた。

「大丈夫だよ。君の小舟には僕も乗ってる」

結女はハッと目を見開いて、僕の顔を見つめた。

「……今、もしかしてカッコつけた？」

「え？」

「カッコつけた？　付き合い始めたからってカッコつけた？　テンション上がってキザなこと言いたくなっちゃった？」

「〜〜〜〜っ！　いいだろ、少しくらい！」

結女はころころと楽しそうに笑う。隙あらばすぐこれだ！　元気付けて損した！

……でも、こんなやり取りも、中学の頃にはなかったものだ。

僕たちはかつて付き合い、そして別れた。だけどその頃に、何もかもを経験したわけじゃない。

新しいことが、僕たちをまだまだ待っている。

それを思えば、多少波が立つ程度のこと、何でもないような気がした。

二人でおみくじを枝に括《くく》り付け、そろそろ帰るか、もしくはどこかに寄っていこうか、と話し始めたときのことだった。

「あれ？　ゆめち？」

声に振り返ると、見覚えのある背の高い先輩と、幼げな髪型の先輩がこっちを見ていた。

伊理戸水斗◆新年から見せつけられる

「ゆめちも初詣〜？」

ファーの付いたコートを着た、ツーサイドアップの女子——亜霜《あそう》先輩が手を振りながら、隣の背の高い男子——星辺《ほしべ》先輩を引っ張るようにして近付いてくる。

星辺先輩は僕の顔を一瞥《いちべつ》すると、「よう」と短く挨拶した。僕は会釈して返事とする。

「あ……亜霜先輩……」

結女はさりげなく、僕との距離を一歩だけ空けた。

「先輩も初詣ですか？　偶然ですね」

「ここ、ウチの生徒がよく来るんだよね〜。あたしは朝から来て初日の出も見たーい！って言ってたんだけど、センパイが『眠い』とか言って〜」

「元旦の神社なんざ、寒いわ人多いわでいいことがねえ」

ぶっきらぼうに吐き捨てた星辺先輩に、僕は心の中で同意した。

亜霜先輩はにんまりと笑って、20センチ上にある星辺先輩の顔を見上げ、

「そんなこと言って、新年から可愛い彼女に会えて嬉《うれ》しいでしょ？」

「あーはいはい。ド深夜に鬼電かましてくる女を『可愛い』って言うならな」

「ひど！　せっかくセンパイのために祈ってあげようと思ったのに！」

「悪いが推薦決まってるんでな」

「祈り甲斐《がい》がなぁ～いぃ～！」

あの旅行からこっち、どうやら上手《うま》くやっているようだ。付き合い始める前から大して変わっていないようにも見えるが。

「あっ、ごめんね」

ようやく人前であることを思い出したのか、亜霜先輩は僕たちのほうを見ると、「ん？」と首を捻《ひね》った。

「ゆめちは……弟君と二人で初詣？」

「あー、まあ……」

結女は曖昧な返事をして、それとなく目を逸らす。亜霜先輩はますます眉根を寄せて、好奇心を秘めた目で僕たちを交互に見比べた。

「……もしかして……」

そこで結女が、僕の腕をガッと摑《つか》んだ。

「私たち、家の手伝いがあるのでこれで！」

そう言って僕を引っ張り、足早に鳥居のほうへと逃げていく。

鳥居を抜けて、先輩たちの姿がすっかり人混みの中に消えてしまうと、僕は振り返りながら言った。

「良かったのか？」

あの先輩には結女もいろいろ相談していたようだし、事情を話してしまっても……。

「……もう少しだけ」

ぽつりと言って、結女はそっと僕の肘に手を絡めた。

「独り占めに……したくて」

そして、ねだるような目で僕を見つめる。

「ダメ？」

その顔に、僕は不覚にも見入ってしまった。

その時点で、答えは決まったようなものだった。

「……ダメじゃないよ、別に」

「へへ。ありがと」

溶けるように柔らかく笑った結女から、僕は耐えられなくなって目を逸らす。歩くときは、きちんと前を見ないといけないからな。

……独り占め、か。

その言葉を反芻《はんすう》しながら、頭の端で思う。

そうは言っても、すでに一人、話した奴《やつ》がいるんだよな。

伊理戸水斗◆女友達のケジメ

明くる一月二日。

我が私室では、東頭《ひがしら》いさなが菓子折りを前に置いて土下座していた。

「…………………」

「…………………」

それを目の当たりにして愕然《がくぜん》としている——というか、ドン引きしているのが、僕と結女だった。

いさなは結女に向かって頭を下げながら、こう言ったのだ。

「どうか、今後も水斗君と会う許可をいただきたく……！」

結女と付き合うことになったのを報告したのが、昨日の日付変更直後。

SNSにあの傑作イラストが投稿されたのが、昨日の夕方頃。

そして菓子折りを持って伊理戸家を訪れ、床に額を擦《こす》りつけているのが今というわけだ。

温度差で風邪をひきそうな二日間である。

「……えーっと……」

結女は理解する時間と、言葉を選ぶ時間の両方を取った。

「東頭さん……なんで急に、そんなことを？　というか顔上げて？」

「水斗君と結女さんが付き合い始めたとなれば、わたしも一応女ですので、無許可で会い続けるわけにはいかないと思い……！」

「うん。そっか。顔上げて？」

僕は椅子に座って奇妙な会合を傍観しながら言う。

「意外だな。いさな、君なら『ただの友達なのに何の問題があるんですか？』って言うと思ってたよ」

「たぶん、半年前のわたしならそう言ってたと思います」

いさなは床に額をつけたまま言った。顔上げろ。

「でも、今のわたしはわかっているのです。わたしにとって、水斗君はただの友達ではありません。隙あらば食べちゃいたいくらい好きな友達なのです！」

……お、おう。

僕も結女も、揃《そろ》って気まずい表情になった。

「そんな女と自分の彼氏が知らないところで会っているなんて、結女さんとしては心中穏やかでないに決まっています！　そのくらいのことはわかるようになったのです！」

出会った頃のいさなは、後ろめたいことをしていないなら何も間違ってはいないはずだ、と理屈だけで物を言う奴だった。

それが今は、他人の気持ちを慮《おもんぱか》れるようになった……。それはきっと、成長と呼んで何ら差支えのないものだろう。

そこで、じゃあもう会わないようにしよう、という考えにならないのがいさならしいところだが。

「……わかった、東頭さん」

「えっ⁉　いいんですか⁉」

ようやく顔を上げたいさなを、結女は手のひらを向けて制止した。

「言いたいことはわかったってこと。そのことは私も話し合わなきゃと思ってたし……東頭さんが私のことをちゃんと考えて、誠意を示してくれたのが、嬉しい」

「い、いえいえ……。人様の彼氏をお借りする以上、当然のことと言いますか……」

「で？」

結女はにっこりと微笑《ほほえ》んだ。

「『会う』っていうのは、どこまでの話？」

その言い知れない迫力に、いさなはもちろん、僕まで押し黙らされた。

「学校で会うって話？　外で会うって話？　ウチで会うって話？　それとも……東頭さんの家で、って話？　それによっては全然違ってくるけど？」

おお……口では話がわかる風に言っているが、雰囲気は完全に束縛女のそれ……。

間女を弾劾する刺々《とげとげ》しいオーラに満ちた結女に、いさなはライオンに睨《にら》まれたリスのようにぶるぶると震え始めた。

人間、性根はそう簡単に変わらないものだ。時が経《た》とうと、相手が仲の良い友達だろうと、事前に腹を割って話し合っていようと、嫌なものは嫌らしい。

いさなだけに任せるのは少々荷が重いと見て、僕は口を開けた。

「どっちみち、いさなの家に行くのは控えようと思ってるよ」

二人の視線がこっちに向く。僕は机で頬杖《ほおづえ》をつきながら、

「イラスト関係のやり取りはオンラインで充分だしな。実のところ面と向かって会う必要はそんなにない——冬休みが終われば、いさなの生活習慣も多少は改善するだろうし」

「えっ……」

いさなは急に見放された子供のような顔をした。

「じゃ、じゃあ、冬休みの間は……？」

「自分で何とかしろ」

「うえーっ⁉」

いさなは飛び跳ねながら仰天して、それから、しょぼんと萎《しぼ》むように蹲《うずくま》った。

「む、むりですぅ……。ご飯作れません……。お風呂入れません……。着替えがどこにあるのかわかりません……」

「…………………」

僕と結女に、呆《あき》れの沈黙が漂った。

母親の凪虎《なとら》さんが放任主義だからって、僕が少し甘やかしすぎたらしい。前にも増してダメ人間になっている。

「じゃあむしろちょうどいいだろ。この冬休みで少しは生活能力を身に付けろ。通話ならいつでもしてきていいから」

「た、たまにでいいので様子見に来てもらえませんか……？　結女さんと一緒でもいいので……」

「それは君のお世話係が二人に増えるだけだろ」

「お願いしますぅ〜！　指一本触りませんからぁ〜！　わたしはもう、勝手にご飯が出てくる生活が忘れられないんですよぉ〜！」

哀れな……。たった一ヶ月で、人間とはこうもスポイルされるものなのか。

結女は「うーん」と困ったように首を傾《かし》げて、

「指一本触らない、ねぇ……」

何やら責めるような目で、僕の顔をちらりと見やる。

「東頭さんが大丈夫でも、水斗のほうがどうか……」

「おい。早速破局の危機か？」

交際歴一日にして飛び出すぞ。カップルを終局に導く言葉――『僕のことが信用できないのか?』が。

「……じゃあ、我慢できるの?」

しらっとした目を僕に向けながら、結女はいさなの腕を掴んだ。

「この身体《からだ》をいやらしい目で見ないって、断言できる? 絶対に? この身体を⁉」

「わっ、ちょっ、結女さん……?」

結女は背後からいさなの胴に腕を回すと、膨らみの豊かさを強調するように下乳を持ち上げた。

乳房の重量感が如実に伝わってきて、確かに扇情的だが、どっちかといえば情欲を煽《あお》られているのは結女のほうなんじゃないかって気がする。結女が僕のことを信用しきれないのは、何より結女自身がいさなの肉体に魅力を感じているからなんじゃないのか?

何にせよ、以前の訓練の甲斐《かい》もあって、僕は自分の情欲をコントロールできている。自信を持って、『絶対にできる』と答え――

「じゃあ証明しますよ!」

後ろから結女に抱き締められた格好のまま、唐突にいさなが言った。

「水斗君は結女さん以外の女子には決して惑わされないってことを! このわたしが!」

……何だかややこしいことになってきた。

伊理戸水斗◆浮気テスト

ひとまず、普段通りに過ごしてみることにした。

いさなは僕の机にタブレットを置いて絵を描き、僕は本を読んだり、いさなのＳＮＳをチェックしたり、資料集めを手伝ったりする。

そしてそれらを、結女が部屋の端から看守のように監視するのだ。

僕が少しでもいやらしい視線をいさなに向けたら、その都度指導が入るわけだ――三が日とはいえ、暇な奴らもいたものである。

まったく。僕がどれだけの時間、いさなと同じ部屋で過ごしたと思ってるんだ？　今更こいつを女として見れるものか。過ぎ去ってるんだよ、そんな期間は。

そんなことを考えながら、僕は見つけた資料をいさなに見せに行く。

「なあ、これ――」

「アウト」

えっ？　と僕は振り返る。

結女が厳しい目つきで僕を睨んでいた。

「今のアウト」

「は、はあ？　背中に近付いただけだろ？　肩に手をかけてもいないのに？」

「肩越しに東頭さんの胸元を覗《のぞ》き込んでた」

「うえっ？」

いさなが目を丸くして、さっと胸元を手で隠した。

確かに、いさなは襟ぐりの緩い楽な部屋着姿だ。後ろからなら胸元を覗き込むことができるだろうが――僕が見たのは、決していさなの胸の谷間などではない。

「タブレットを見たんだ、タブレットを！　どのくらい進んでるのかと思って――」

「いーや。今のはおっぱいだった。胸の谷間に視線が潜り込んでた」

完全に君の先入観だろ！

と突っ込む前に、結女はずんずんと近付いてきて、いさなのパーカーを摑《つか》んだ。

「東頭さんもちゃんと胸元隠して！　ほら！」

ファスナーをジーッと引き上げて、盛り上がった胸部をパーカーの中に押し込んでいく。

いさなは「んぐぐーっ」と唸《うな》って、

「苦しいですよぉ……。これじゃ集中できません……」

「だったらせめて、そんなよれよれのシャツ着るのやめよ？　東頭さんも悪いんだからね？　いっつも無防備な格好して！　水斗じゃなくても見るわよ、こんなの！」

これは思ったより厳しい。まさか僕たち当人にその気がなくてもアウトになるとは。

結女が僕たちを許せるかどうかの問題である以上、多少理不尽に思えても受け入れざるを得ないのはわかるが……。

　ひとまずいさなのパーカーの前を閉めると、結女は壁際に戻っていく。

　僕といさなは目配《めくば》せを交わし、ひそひそと囁《ささや》き合った。

「(水斗君が悪いんですよ。結女さんを安心させてあげないから……)」

「(昨日の今日で何をどうしろって言うんだよ)」

「(もっと結女さんを満足させてあげれば、わたしごとき気にならないはずです)」

「(……満足って？)」

「(それはもちろん……ぬふふ)」

　脳味噌《のうみそ》ピンク女め。

　どちらにしろ、それはこれからの課題だ――まずは今この場をどうにかしなければ。

　いさなの露出を下げた状態で、テストは続行された。

「水斗君。いったんラフできたんですけど見てもらえますか～？」

「ん？　ああ」

　いさながタブレットを持って椅子から立ち上がり、ベッドに座っている僕のほうに来る。

　そして僕の隣にお尻を下ろすと、タブレットを互いの太腿《ふともも》に渡すように置いて、

「アウト」

「「えっ？」」

看守の宣告に、僕たちは同時に顔を上げた。

「距離が近い！　ラフを確認するのに肩くっつける必要ないでしょ！」

「い、いや、でも……一緒に見ないと、情報の共有がしにくいと言いますか……」

「他にやりようあるでしょ！　それは恋人の距離感！」

ぐぬぬ、といさなは口ごもった。

「(どうしましょう、水斗君……。結女さんの浮気ラインが思ったより厳しいです……)」

「(君が言い出したことだろうが)」

「(まさか普段何気なくしていたことが、全部誘惑になっていたとは……)」

ようやく気付いてくれたか。半年もかかったな。

と言いたいところだが、僕もかなり感覚が麻痺《まひ》していたらしい。

「(逆に言うと、普段わたしがしていることを絵にすれば、イチャイチャ可愛《かわい》いカップルの絵が描けるってことでしょうか？)」

「(すぐさま創作に転化できる思考回路は評価するが、今は僕の身の安寧を慮ってくれ)」

僕だって、結女の気持ちはわかる。逆の立場だったら同じように怒っていただろう。だからこそ、いさなの家に行くのは控えよう、という考えになったわけだし。

だが、それでも、ある程度の接触は許してもらわなければ、この先のいさなの活動に支障が出てしまう。結女のことは恋人として大切にしたいが、それと同じくらいに、いさなの活動のことも大切にしたいのだ。どちらかのためにどちらかを蔑《ないがし》ろにするような真似《まね》は、僕が僕自身に許せない。

その両立ができずに家庭を崩壊させてしまった男のことを思い返しつつ、僕は妥協案を提示する。

「いさな。共有物はクラウドに上げろ。僕は自分のスマホで確認する」

「わかりました……。めんどくさいですけど、仕方がないですね」

オンラインのつもりでやろう。それならば、たとえ同じ部屋の中にいようとも、不適切な接触が発生することはない。

伊理戸結女◆試合に勝って

私は壁際に座り込みながら、静かに作業をしている水斗と東頭さんを見つめる。

私だって、二人の邪魔をしたいわけじゃない。東頭さんが邪《よこしま》な気持ちで水斗と会いたいと言ってるわけじゃないのはわかってるし、こんな風に小姑《こじゅうと》みたいに目くじらを立てていたら、いつか水斗に愛想を尽かされるかもしれないという不安もある。

でも、止めようがないのだ。

中学のとき、すでに思い知っている。私はどうしようもなく嫉妬深い性格で、水斗が他の女子と親しげにしていると心がささくれ立ってしまうのだ。今まではもう別れたから、付き合ってないからと自分に言い聞かせて納得してきたけれど、正式によりを戻したとなればもう大変だ、大義名分を得た私はどこまでも浅ましくなる。

これはたぶん、自信のなさの表れなんだろう。

自分に――自分の魅力に自信があるなら、彼氏が多少、他の女子と仲良くしようと、ドンと大きく構えていられるはずなのだ。まさしく正妻の余裕。俺を信じてないんだろ、というのは浮気男の常套句《じょうとうく》らしいけど、この場合、信じていないのは私自身なのだ。

安心させてほしい、という甘えと。

受け入れるべきだ、という理性が。

胸の中で、複雑に交錯する。

たぶん、お願いすれば、水斗はいくらでも甘えさせてくれる。でもそれじゃあ、中学時代の繰り返し……。あの頃から成長したというのなら、水斗に甘えてばかりではいけないはずだ。自分を信じて、彼氏を信じて、もっと鷹揚《おうよう》な態度でいなければ。

……どうすればいいんだろう。

どうすれば、この嫌な気持ちを、克服できるんだろう……。

私は背中を丸めてタブレットに向かっている友達を、じっと見つめる。

昨日の夕方に投稿されたイラストを、私も見た。

東頭さんは——本当に——あの絵みたいに、清々《すがすが》しく受け入れられたのかな。

黒々として粘ついた、こんな感情を抱えながら描ける絵だとは、とても思えなかった。

だけど、その境地に立ったことのない私には、にわかには信じることができなかった。

……試してみたい気持ちが、湧いた。

こんなことをしたら、本当に嫌な女だけど……安心したい。

こういう気持ちになるのは、私だけじゃないって。

私は立ち上がると、静かに部屋の中を移動して、ベッドに座る水斗の隣に、そっと腰を下ろした。

水斗は今は、文庫本に目を落としている。

その線の細い横顔を、じっと見つめる。

東頭さんほどにはくっつかない。読書を邪魔しない程度に、ただ静かに、寄り添う。

そうしながら、そうっと——東頭さんの様子を窺《うかが》った。

東頭さんはしばらく、タブレットに顔を向けたままだった。

やがて、集中の切れ目なのか、ふと顔を上げた瞬間に、私のポジションに気が付いた。

渋い顔をするのかな。それとも見なかったフリをするのかな。あるいは——

東頭さんは。

ことり、と小首を傾《かし》げた。

それから視線を上向けて、何やら考え込んだかと思うと、再びタブレットにせっせと何か描き込み始めた。

……ん？　どういう反応？

予想したどれとも違うリアクションに、私は怪訝《けげん》に思い、静かに立ち上がって、東頭さんの後ろに回り込んだ。

肩越しに彼女の手元を覗き込むと――タブレット上のキャンバスには、女の子のいろんなパターンの表情が、表情だけが、いくつも描き並べてあった。

「……あの、東頭さん？　それ、何してるか訊《き》いてもいい？」

あまりに謎だったので、おずおずと尋ねると、東頭さんは手を動かしながら、
と答える。

「今の気持ちを的確に表す表情を探しています」

「鏡見てもいまいちわかんないんですよね。わたし、微妙に表情がわかりにくいみたいで」

「今の気持ち、って？」

「仲良いなー、羨ましいなー、わたしがやったら怒るのにずるいなー、でも結女さんは彼女だからなー、仕方がないなー――の気持ちです」

喋《しゃべ》りながらも東頭さんは手を止めず、ある表情を描いたところで「おっ」と声を上げた。

「これ結構いいですね」

それは切なげに目を細めながら、諦めたように口元を緩ませた表情だった。

ほんの少しの悔しさと、好きな相手を想《おも》う気持ちが、一目で伝わる顔——

今、東頭さんは、こういう顔をしたいのだ。

「……すごいね」

不意に申し訳なさが湧いてきて、だけど謝るのも偉そうな気がして、私は結局、素直な気持ちを口から零《こぼ》れさせる。

「そんな風に気持ちを表せるの、羨ましい」

私は絵どころか、言葉にすることすらできないから。

自分の気持ちを、正確に捉えることすらできないから……。

東頭さんは振り返ると、きょとんと不思議そうな顔をする。

「何だか、結女さんのほうが失恋したみたいですね」

「え？」

「こういう顔をしてます」

東頭さんはさっきの、切なげに微笑む表情をペンで指す。

それから東頭さんは、表情を描き並べたキャンバスを消して、線画を再開した。

「別にわたしのこと、気に病まなくていいですよ。結女さんは何も考えず、思いっきり幸せになってください。せっかく好きな人と付き合えたんですから」

「でも……」

「わたし、昨日、一皮剝《ひとかわむ》けた気がするんです」

淀《よど》みなくペンを動かしながら、

「自分の感性がスポンジになってるのがわかるんです。やることなすこと思うこと、全部が自分の中に蓄積されて、力になっていってるのがわかるんです。今までどれだけ水斗君に言われても半信半疑だったんですけど、あの瞬間——水斗君と結女さんが付き合ったって知った瞬間——根拠なく、本能で理解したんです」

揺らぐことなく、東頭さんは言う。

「わたしには、才能がある——って」

その背中には、言い知れない凄味《すごみ》があった。

「不思議ですよね。自分に才能があるって確信しているのとしていないのとでは、世界の見え方がまるで違うんです。今のわたしには、この世のすべてが絵の材料に見えます。見るもの触るもの、自分の気持ちも他人の気持ちも、平等に区別なく『絵を描くわたし』の中に取り込んでいくことができるんです。

……ですから、本当に遠慮しなくていいんですよ？　東頭いさなは失恋しましたが、同時に結女さんの幸せな気持ちも、わたしの中に積み重なっていきますから」

東頭さんは再び振り返って、本当に心から、微笑《ほほえ》んだ。

「おめでとうございます、結女さん。先に絵にしてしまってすみません」

……ああ、もう。

「勝てないなぁ」

そう言って、私は笑った。

試合に勝って、勝負に負けた。

水斗の彼女になったのは私だったけど、東頭さんにはいつまで経《た》っても勝てる気がしなかった。

だったら——目くじらを立てたって、しょうがないか。

だって人間的に、東頭さんには負けているんだから、東頭さんのために使う時間があるのは当然のこと。……それでも、水斗は私を選んでくれた。その事実を、大切に大切に思わなきゃいけない。

我ながら、卑屈で後ろ向きな考え方だけど。

今、胸の中にある東頭さんへの敬意を忘れなければ、こんな自分も受け入れて、乗り越えていける気がした。


伊理戸水斗◆彼女と女友達の仲がいいとそれはそれで厄介

結女の監視も落ち着いたので、僕は一息入れるのも兼ねて一階に降りた。

よりを戻すに当たって、結女といさなの関係は懸案事項の一つではあったが、元からあまり心配はしていなかった。やっぱり、中学の頃の経験が生きているんだろう。今の結女ならば上手《うま》く受け止めてくれるはずだという信頼が、僕にはあった。

とはいえ、結女にばかり負担をかけてはいられない。昔より理性的になったとはいえ、性格や感性はそうそう変えられるものではないのだから、あまり気を揉《も》ませずに済むように気を遣ってやらないとな。

と考えながら部屋に戻ると――

「ん？」

いない。

結女もいさなも、部屋からいなくなっていた。

いさなのタブレットは机に置かれたまま。リビングには父さんたちがいるから、結女の部屋にでも行っているのだろうか。

首を傾げながら、僕はベッドに足を向け――

どんっ、と強く背中を押された。

「うおっ⁉」

ベッドに倒れ込みながら、身を捻《ひね》って振り返る。

僕の背後には、結女といさなの二人がいて。

そいつらはにやにやと意地悪く笑いながら、二人して僕をベッドに押さえつけた。

いや――押し倒した、というほうが正確かもしれない。

二人は僕の両腕を封じるようにして、自分の身体《からだ》を押しつけている。当然、それには胸やお腹《なか》といった柔らかい部位が含まれており、これで性的な意図がなかったら性教育をやり直させているところだ。

「きっ……君ら、何を……！」

右耳に、結女が囁《ささや》きかけてくる。

「(東頭さんに靡《なび》かないのはわかったけど)」

左耳に、いさなが息を吹きかける。

「(二人まとめてだったら、どうですかね？)」

くすくすくす、とステレオの忍び笑いが、僕の脳髄を揺らしてくる。

こっ、こいつら……！　僕を玩具《おもちゃ》にしてやがるな！　和解したと思ったら急に結託しやがって！

僕がいない間にどんな話で盛り上がったのか知らないが、まさしく悪ノリそのものだ。一対一じゃ敵《かな》わないから、二人で僕をからかってやろうと言うのだ。ナメやがって。僕にそんな、浅ましいハーレム願望があるとでも思うのか。

「（いいご身分ね？　両手に花で）」

「（女の子はいい匂いするって本当ですか？　取材させてくださいよ、水斗君）」

ああああもう囁くな！

細身な結女の身体と、肉感的ないさなの身体と、別々の『女』が両側から僕を呑《の》み込もうとしてくる。二人の太腿《ふともも》辺りにある両手の置きどころがわからず、ベッドの布団を握り締めた。

それでも腕全体を包む柔らかさも、女の子のいい匂いとやらも防ぐことはできず、抗《あらが》いようもなく脈拍が早まっていく。女二人に弄ばれる未来からは、もはや逃れることは叶《かな》いそうになかった。

……だったら――

「――あんまり調子に乗るなよ」

「きゃっ⁉」「ひゃっ⁉」

ここ数ヶ月、川波《かわなみ》の指導の下で多少は付いた筋肉を使い、僕は二人の身体を抱き寄せながら、無理やり身体を引っ繰り返した。

僕の形をした影が、結女といさなの身体を覆う。驚いた顔で身を寄せ合って、僕の顔を見上げる二人に向けて、僕は酷薄な響きを込めて告げた。

「そっちがそのつもりなら遠慮しない」

それから、さっきのこいつらの行為を真似《まね》て、二人の顔の間に唇を寄せ、耳打ちする。

「(二人まとめて――食べてやるよ)」

「「～～～～っ!!」」

二人が声もなく悶絶《もんぜつ》して、耳まで真っ赤にするのを確認した。

肩を縮こまらせ、食う側から食われる側に早変わりした二人をベッドに残し、僕はすっと身を離す。

そしてベッドに背を向けると、頭の中でこう叫んだのだった。

――勝った!

伊理戸結女◆今度こそ遠慮なく

東頭さんが家に帰って、夜になった。

お風呂から上がり、髪を乾かし終えた私は、パジャマ姿で二階に上がった。

すると、廊下になぜか水斗が立っていた。

私は少し怪訝に思いつつ、「お先に」と言って、自分の部屋のドアノブに手をかける。

その瞬間、後ろから抱き締められた。

……え?

水斗がぎゅっと軽い力を込めて、私の腰に腕を回している。あまりに唐突なバックハグに、嬉しさよりも戸惑いが勝った。

「な……なに？」

首を捻《ね》じって振り返りながら訊《き》くと、水斗は恥ずかしげに目を逸《そ》らした。

「……いさなに触ったら、その分だけ。そういう話だったろ」

ああ──そういえば。

付き合う前のきょうだい会議で、そんな話をした記憶がある。

確かに私が監視している間、水斗は東頭さんに何度か触れた。でもそれは肩に触れる程度のものだったし、一番触れ合っていたのはハーレムごっこでふざけていたときのことで、あのときは私も一緒に抱きついていた。

気にするほどのことはなかったはずなのに──それでも、私に誠意を示したいってことなんだろう。

……まったく、この人は。

本当に……女をダメにする天才なんだから。

「ハグで簡単に機嫌を取ろうとする男の人って、どうかと思う」

少し意地悪したくなって、尖《とが》った声でそう言うと、水斗は「うぐっ」と小さく呻《うめ》いた。

「……じゃあ、他にどうしろって言うんだよ」

私は水斗の腕の中で身を捻ると、くいっと自分で顎を上げた。

「んっ！」

急《せ》かすように言って、瞼《まぶた》を閉じる。

すると、小さく溜《た》め息《いき》をつく音が聞こえて、柔らかな感触が唇に触れた。

瞼を開けると、水斗の呆《あき》れ顔が間近にあった。

「これもハグと大差なくないか？」

「じゃあもっと頑張って考えてよ、私のご機嫌の取り方」

「めんどくせえ……」

私がくすくすと笑うと、水斗もくっくっと忍び笑いを漏らす。私たちはおでこをくっつけ合って、しばらくの間そうしていた。

「――水斗くーん？　次、お風呂入るー？」

お母さんの声が一階から聞こえた瞬間、私たちはパッと身を離す。

「はいー！」

水斗が階下に返事をして、階段を降りていく。

私はその背中を見送ると、今度こそ自分の部屋に入った。

――ああ、ふわふわしてる。

胸の中が――いいや、身体中《からだじゅう》の至るところが、ふわふわした気持ちで満たされてる。

中学の頃より、もっと強く。何の憚《はばか》りも、何の遠慮もなく——

「……ふふ」

唇を緩めながら、私はベッドに倒れ込む。

遠慮しなくていい。怯《おび》えなくてもいいんだ。もし私の独占欲が過ぎて水斗を怒らせてしまっても、きっと今度は、ちゃんと話し合える。だから——

「ふふ、ふふふ、ふふふふっ……」

ベッドの上で背中を丸めて、私はいつまでもいつまでも、にょにょと笑っていた。

隠し事は蜜の味

伊理戸水斗《いりどみずと》◆秘密の遊び

新春と言うにはあまりにも肌寒い、乾いた風が吹き渡る一月の通学路。互いが互いを風から守るように寄り添って歩いていた僕たちは、何でもない道の途中でどちらともなく足を止めた。

「……この辺りにしよっか」

「……そうだな」

そろそろ、登校中の洛楼《らくろう》の生徒が増えてくる頃だ。

僕たちが義理のきょうだいなのは周知の事実だが、それと同時に、朝に寄り添って通学するような仲でもないのも周知されている。

僕に至っては勝手にいさなと付き合っていることにされているし、結女《ゆめ》も生徒会役員として、浮気相手だと思われるのは甚だ具合が悪いだろう——入学した頃には、結女自ら立てたブラコンの噂《うわさ》があったものの、あんなものはとっくの昔に風化してしまっている。

だから、結局。

中学の頃と同じように、僕たちは学校が見えてくるよりも前に、離れ離れになって登校せざるを得ないのだ。

でも、一つだけ——中学の頃とは、明確に違うことがある。

「それじゃあ」

手袋越しに僕の手を握り、結女は言った。

「家でね」

「……ああ、家で」

そう言い合ってほのかに笑い、結女は軽い足取りで先に学校に向かう。

僕はその場に残り、恋人の背中を見送りながら、久しぶりのむず痒《がゆ》さを楽しんだ。

家に帰れば、すぐに会える。

それが唯一にして、最大の違いだ。


「よっ。クリスマスぶりだなぁ、伊理戸」

三学期始業式の前、教室で声をかけてきた川波《かわなみ》小暮《こぐれ》に、僕は軽く眉をひそめた。

「あのときはどうも。でもクリスマスとか言うな。気色悪い」

「なんだよ。独り身の男が身を寄せ合ってクリスマスを過ごすなんざ、よくある話だろ？」

……独り身の男、ねえ。

当時の僕はともかくとして、当時のこいつは、とてもそうは見えなかったが。

僕は自分の机で頬杖《ほおづえ》をつきながら、黒板の前にいる結女と、その友達を見やった。

「結女ちゃーんっ！　寂しかったよーっ！」

「いや、お正月に会ったばかりじゃない……」

「あっきー、長い休みのたんびにそれやるつもりかぁ？」

「ウサギちゃんやなぁ」

結女に抱きついている小さいウサギちゃんとやらが、当たり前のように家に居着いている男のことを、果たして独り身と呼んでいいのかどうか。本物の独り身に殺されるぞ。

「で？」

川波はにんまりと、下世話な笑みを浮かべた。

「問題は解決したのか？」

「……まあな」

「つれねーなぁ。詳しく報告してくれねーの？　一宿一飯の恩があんだろーが」

「プライベートを切り売りする趣味はないんでな」

どうやら、気付いていている様子はない。

川波も、南《みなみ》さんも、僕と結女の関係が変化していることには。

――なあ、どうする？

三が日にした結女との話し合いを、僕は思い出した。

――川波と南さんには……

――報告するかどうか、って？

――ああ。一応協力してもらったんだろ

――うーん。あの二人なら、勝手に気付きそうな気もするけど

――確かにな……。自称恋愛ＲＯＭ専と、

――自称恋愛マスターだし

南さんのその自称は聞いたことがないが、そう言われるくらい相談を繰り返してきたんだろう。

――……じゃあ

結女はくすりと、悪戯《いたずら》っ気のある笑みを浮かべた。

――ちょっと、試してみる？　二人が本当に気付くかどうか

「ねえ」

声をかけられて、回顧から浮上した。

「私、始業式終わったら生徒会だから」

椅子に座る僕を見下ろして、結女が立っていた。当人は何でもない顔をしていたが、僕は心中で少しだけ冷や汗をかいていた。

今のは、一緒に帰ることを前提にした会話だ。川波や南さんにバレるならまだしも、クラスの連中にまでバレるのは非常に具合が悪い。結女もそれはわかっているだろうに、こんな教室の真ん中でこんなに踏み込んでくるなんて……！

「ん、ああ……」

内心のちょっとした焦りが、僕の答えをぞんざいにする。恋人としては落第のリアクションだが、家族としては逆にリアリティのある相槌《あいづち》になった。

「結女ちゃーん！　次のお休みいつー？」

そのおかげか、背後から結女の首にぶら下がる南さんも、勘付いた様子はなかった。側《そば》にいる川波も、

「昨日まで休みだっただろーが。どんだけ休み足りねーんだよニート女」

「ちーがーうーっ！　結女ちゃんと遊べる日のことを訊いてんの！」

「休みの日は休ませてやれよ。生徒会って忙しいんだろ？」

「大丈夫。今はそんなでもないから」

結女が生徒会がない日を伝えると、南さんは喜び勇んで遊びの予定を立て始める。

そうしているうちに始業式の時刻が迫った。生徒たちは三々五々、教室を出て体育館に

移動し始める。

川波と南さんは何に気付いた風もなく、他の友達と話しながら歩いていた。

「……ふふ」

それとなく隣を歩いていた結女が、小さく笑みを零《こぼ》す。

「……くっ」

僕もまた唇を曲げるのを堪《こら》えきれなかった。

気付いてない。まったく。

「………………」

「………………」

僕たちは無言で目配《めくば》せを交わすと、誰にも気付かれないように、小さく笑い合った。

紅《くれない》　鈴理《すずり》◆置き去り生徒会長

久しぶりの生徒会室で顔を合わせた役員たちに、ぼくは会長として堂々たる挨拶をした。

「みんな、あけましておめでとう。新年早々だが、今学期は来年度予算会議という大イベントが控えている。正月気分を引きずらず、気合いを入れ直して仕事に取り組んでくれ」

役員たちの威勢のいい答えにぼくは肯《うなず》き、会長席に座る。そろそろこの席にも慣れてきた。たかが生徒会と言う向きもあろうが、数百人の生徒の学園生活を担う立場であるのには違いない。ぼくも冬休みの気分を引きずらず、気を取り直していかなければ。

今日はまだ始業式だし、軽めで切り上げることにした。代わりにお昼ご飯でも行こうか、とぼくが誘うと、役員たちは全員賛成した。

「じゃ、その前にトイレ〜」

愛沙《あいさ》がそう言って生徒会室を出ていくと、

「あ……じゃあ私も」

と言って、結女くんが続いていく。

残った蘭《らん》くんに、ぼくはお正月はどうだったかと訊《き》いてみた。蘭くんはこともなげに、

「勉強していました。三学期こそは伊理戸さんに勝ちたいので」

と答える。前のように無理をしていないか心配になったが、顔色を見ている限りは、以前の結女くんの言いつけを守り、毎日しっかり寝ているようだ。これは結女くんもうかうかしていられないな。

帰り支度を終えると、ぼくもトイレに行っておこうと、生徒会室を出た。

最寄りの女子トイレに近付くと、中から聞き覚えのある声が聞こえてくる。

「――え〜？　教えてよ〜！」

「すみません。彼が恥ずかしがりなので、まだちょっと……」

愛沙と結女くんだ。そういえば時間がかかってるなと思っていたけど、トイレで駄弁《だべ》っていたのか。

ぼくが静かにトイレに入ると、洗面台の前にいた二人が、びっくりしたように素早くこっちを振り返った。

ぼくの顔を見ると、愛沙が拍子抜けした顔をする。

「なんだぁ、すずりんか」

「なんだとはなんだい。何か隠し事かな？　つれないじゃないか」

二人の様子からすると、秘密の話をしていたのは容易に見て取れる。もう少しポーカーフェイスを練習したほうがいいね。

結女くんはいかにも気まずげに目を逸《そ》らしながら、

「まあ、ちょっと……。亜霜《あそう》先輩に、相談に乗ってもらってまして……」

「ねえゆめち。すずりんにならいいんじゃない？　話しても」

「わ、わざわざ会長に報告するようなことでは……」

「すずりんにも相談に乗ってもらったことあるじゃん。体育祭のときだっけ？」

体育祭のとき？　で、相談となると……昼食のときの話か。

……はぁあん。

大体想像はついた。どうやら進展があったというわけか。

彼とのことについて、しばしば愛沙に相談していたのは把握していたが、いちいち結果を報告していたとは、律儀なことだ。愛沙なんて、星辺《ほしべ》先輩とのことを匂わせるだけ匂わせて、決して自分からは言おうとしないのに。

「ぼくの想像通りの話なら気になるな。無理強いはしないけど」

「……それじゃあ、僭越《せんえつ》ながら……」

結女くんは恥ずかしげに薄く頬《ほお》を赤らめ、口を開く。

デートにでも行ったのかな？　嬉《うれ》しいことを言われたとか？　クリスマスパーティのときは少し沈んでいる雰囲気だったから、いいニュースならどんな些細《ささい》なことでも喜ば――

「――……彼氏が、できました……」

ぼくは凍りついた。

「…………えっ？」

彼氏？

ができた？

付き合うことになった、という意味？

「えっと……それは……もしかして、例の彼と？」

結女くんはもにもにとまごつきつつ、

「……たぶん、ご想像の通りかと……」

「あれ⁉　すずりん、誰が相手か知ってんの⁉　教えてよ〜！　あたしには教えてくんなかったんだよ⁉」

それは、確かに、軽々には言い触らせないだろう。

伊理戸水斗と——義理のきょうだいと付き合い始めた、なんて。

どんな流言が飛び交うかわからないニュースだ。ぼくはジョーの見立てを聞いていたから知っているが、言わないで済むなら言わないに越したことはない。それに愛沙はパッと見、口が軽そうだし（友達が少ないからそんなことはないのだが）。

そうか。彼と……。あの気難しい彼と……。もう少し時間がかかるものと……。

「……おめでとう。心から祝福するよ」

結女くんは「ありがとうございます」と言って、小さく微笑《ほほえ》んだ。

今の言葉は、素直なぼくの気持ちだ。ひとかけらも嘘《うそ》はない。

だが……だが……！

「やったね、ゆめち！　これで彼氏持ち仲間だ！」

「ありがとうございます、先輩……！　これからもお話聞いてください！」

手を握り合ってきゃぴきゃぴとはしゃぎ合う彼氏持ちたちを前にして、ぼくは一人静かにこう思っていた。

――マズい。置いていかれた……！

紅鈴理◆誕生日の敗残兵

去る一月五日――そう、ジョーの誕生日に、ぼくたちはデートに出かけていた。

そう、デートだ。

去年は不覚にも誕生日を事前に把握することを怠り、冬休みが明けてから後追いでプレゼントを買いに行く羽目になった。そこで今年はだいぶ前からアポを取り、プレゼント選びも兼ねて誕生日デートをすることにしたのだ。

待ち合わせ場所に現れたぼくを見て、ジョーは驚いたものだ。

「紅さん……今日は、なんというか、ずいぶんと……」

「地味だろう？」

没個性なコートや、ありがちな髪型のウィッグを誇らしく見せつけ、ぼくは言う。

「背景コーデだよ。ぼくと一緒に出掛けると、キミはいつも肩身が狭そうにするからな」

「……わざわざ良さを殺さなくてもいいのに」

「違うよ。良さを殺してるんじゃない。キミの良さを引き出しているんだ」

ちょうど一年前、ジョーの影の薄さを払拭しようと、いろんなコーデを試してみたが、ことごとく成功しなかった。

そこで今年は、ぼくのほうからジョーに歩み寄ることにしたのだ。

光と影でいるのも悪くはないが、たまには同じ場所で、同じ速度で、一緒に歩いてみたい。

「確かに遠目に見ると地味極まりないが――」

ぼくはするりとジョーの腕に手を絡めた。

「――近くで見ると、ちゃんと可愛《かわい》いよ？」

間近から、じっとジョーの瞳を覗《のぞ》き込む。

ジョーは気まずげに目を泳がせた。頬を赤らめたり、そういうわかりやすさはないけど、ちゃんとどぎまぎしてくれているらしい。よしよし。

神戸《こうべ》旅行で、少しはジョーとの距離を縮められた気がしていた。

結女くんに忠告されたアレも、苦労して手に入れて財布に忍ばせてある。

つまり……？　そう、今日こそは！

この朴念仁を骨抜きにしてやる、またとない好機と言えるだろう！

「……あ。このブレスレット、落ち着いてていいな。キミも少しは飾り気というものを覚えたらどうだい？」

「ペアルックにしようか？　ま、ぼくたち以外気付かないだろうけどね。秘密めいてて、何だか嬉しいじゃないか」

「うん、似合う似合う。嘘じゃないよ。本当だよ。たまには素直に信じてほしいな」

いつもより、柔らかく。

いつもより、一歩近く。

大切な宝物に触れるときのような気持ちを込めて、ぼくはジョーに接した。

そのたびに、ジョーは少しだけ目を逸らす。それでいて、触れたぼくの手を振り払わず、詰めた距離を離すこともない。照れているのだ、と看破できる程度には、ぼくは彼のことを知っていた。そしてそれが、ぼくの素直な好意を少しずつ受け入れ始めてくれている証左だということもわかっていた。

告白なんて今更だ。

言葉なんて、とっくの昔に贈りすぎて、どれも賞味期限を過ぎている。だから行動で示すしかない。ぼくがキミを好きだと信じてくれるまで、ぼくの顔で、手足で、身体《からだ》で、示し続ける他にはない。

一日、存分に楽しんだ後で、ぼくは満を持して切り出した。

「何だか、別れるのが名残惜しいよ」

思わせぶりは通じない。

ジョーのコートを摘《つ》まむように掴《つか》んで、ぼくは言った。

「どうかな……？　キミさえ良ければ、家に招待したいんだけど……」

この日一日、ぼくはキミに歩み寄った。

だから、ほんの少しだけ。

キミのほうからも、ぼくに歩み寄ってほしい。

下心のない、ただそれだけの願いだった。

……図らずも愛沙から聞いた話を踏襲してしまったのは、本当にただの偶然である。

ジョーは――

照れたように目を泳がせて――

コートを掴んでぼくの手を、そっと握り――

「いえ、すみません。家族が夕食を用意しているので」

すたすたすた。

と、普通に帰っていった。

「………………………」

……なんで⁉︎

この流れでなんで⁉


かくしてぼくは、敗残兵のようにとぼとぼと、一人で家に帰ることになったのだった。

愛沙は行くところまで行き、結女くんにも彼氏ができた。

元より恋愛に興味のなさそうな蘭くんを除けば、もはや生徒会で彼氏がいないのはぼくだけ！

示しがつかない。

会長として、これでは示しがつかない！

一刻も早く、ジョーを落とさなければならなかった。

洛楼高校の生徒会長として、これは重大な責務なのだ！

川波小暮◆隣の道は青く見える

カップルが成立したら大体わかる。

好き同士ってヤツは、どれだけ隠そうとしても関係が態度に滲《にじ》み出るもんだ。しきりに目配《めくば》せを交わしたり、それとなく触れ合ったり、わかりやすい場合には人目のない場所でこそこそくすくす内緒話をしていたりする。付き合いたての浮かれた時期なら尚更《なおさら》だ。

だから、オレの目は誤魔化《ごまか》せない。

恋愛ＲＯＭ専として鍛え上げたこの審美眼を出し抜こうなんて百年早いぜ！

「――よお後藤《ごとう》！　お前、渡辺《わたなべ》さんと付き合い始めたろ？」

様子の変わったクラスの男子を取っ捕まえて、オレは問い詰める。後藤は「いやあ」なんてらしくもなく照れながら、もごもごと誤魔化しの言葉を呟《つぶや》いた。

やっぱクリスマスを挟むとカップルが増えるな。結構結構。

――一方の伊理戸たちと来たら、どうやら相変わらずらしい。

クリスマスに伊理戸が泊まりに来たときは、何か摑んだような感じだったんだけどな。様子を見る限り、あれから特に関係が発展したとかはなかったみてーだ。つまんねー。

三学期が始まって数日経《た》った頃、昼休みにそんな愚痴を零《こぼ》していると、南がストローを咥《くわ》えたまま言った。

「あんたもそう思う？」

「あたしもさ、あのときの伊理戸くんの様子からして、何かあったんだと思ってたんだけど……結女ちゃんのほうもぜーんぜん、今まで通りなんだよねえ」

「隠してるんじゃねーの？」

「えー？　結女ちゃんって隠し事はできないタイプだと思うけどなあ」

「そうでもねーだろ。現に親にドデカい隠し事をしながら一年近く暮らしてきてるわけだろ？」

「……それもそっか」

拗《す》ねたように唇を尖《とが》らせながら、南はアップルティーをちゅーっと吸い上げる。

「だとしても、せいぜい喧嘩《けんか》して仲直りしたって程度のことっぽいけどね。もし何か進展があったんなら、あたしには打ち明けてくれるはずじゃん！　あんたはともかく」

「なんでオレはともかくなんだよ」

「自覚あるでしょデバガメ」

まあな。自白を期待するならＲＯＭ専なんて名乗っちゃいない。

「……でも、なーんかねえ……」

南は頬杖《ほおづえ》をつきながら、教室の出入り口のほうを見やった。ちょうどさっき、伊理戸が本を小脇に抱えて出ていったところだ。

「なんか、ってなんだ？」

「なーんか……なんだよねえ」

「わかんねーっつの！」

「ホントにわかんない？　微妙に、こう……匂いが変わったというか……」

「匂い？　香水付けるようになったとか？」

「そうじゃなくて、雰囲気がちょっと変わったような……変わんないような……」

こいつは昔から、超がつくほどの直感型だった。スポーツでもゲームでも、知識をまったくつけずになんとなくでプレイするタイプ。対人関係においても同様だ。鼻が利くとでも言うべきか。

「ふーん……。ま、お前が言うならなんかあったのかもな」

「……あんたさあ」

「ん？」

南はじろりとオレの顔を見て、

「なんというか……丸くなった？」

「はあ？　何がだよ」

「前はもっと厄介だったじゃん。今の流れだったら絶対、『尾行でもしてみようぜ！』って言ってたよ。前のあんただったら」

「それじゃマジのデバガメじゃねーかよ。オレは静かに眺めてたいの！」

「ふう〜ん？」

南はことりと首を傾《かし》げて、薄《う》っすらと笑った。

「自分の恋愛に、興味が移ってるとか？」

「んぐっ」

オレはむせた。

咳《せ》き込むオレを、南はにやにや笑いながら眺めて、

「余所《よそ》のカップルよりも、誰かさんを眺めてる時間が多くなってたりして？」

「……じ、自意識過剰だろ」

「え〜？　なんであたしが〜？」

やかましいなコイツ！　自意識過剰になってる幼馴染《おさななじ》みほど苛立《いらだ》つものはない。

「恋愛なんて自分でするもんじゃねーんだよ。この意見を変えるつもりはねえ」

「ま、言わんとするところはわからんでもないよ。最近の東頭《ひがしら》さんなんかを見てると特にさ」

「東頭？　なんでだ？」

「あれ？　知らない？」

意外そうな顔をすると、南は「ちょっと待って」と言って、スマホをいじり始めた。

それから、ツイッターに投稿されたとあるイラストを、画面に表示して見せてくる。

「このイラスト。普通にリツイートで回ってきたんだけどさ」

「へえ？　そういやオレも見覚えが……」

「これ、東頭さんが描いたんだって」

「へえ〜――……へ!?」

イラストの下にあるリツイート数を見る。そこには３０００を超える数字があった。

「これを……東頭が？」

「結女ちゃんから軽く聞いて、本人に確認したんだけどね。元々結構上手《うま》かったらしいんだけど、神戸旅行の辺りから本気で始めて、一ヶ月ちょっとで見事バズったってことらしいよ。普通に天才だよね」

「あいつ……最近あんまゲームにログインしねーなと思ってたら……」

「伊理戸くんにプロデューサーやってもらってるらしいよ。どんなイラスト描くかとか、二人で相談して決めてるんだって」

「なにぃ⁉」

あの女ァ……気付かないうちに性懲りもなく……！

「余計な茶々入れないでよ？　結女ちゃんにもちゃんと話通してやってることなんだから」

「わかってるっつの。……それにしてもまあ、一ヶ月か……」

元々の実力がどの程度だったか知らないが、バズり散らかしてるこのイラストは、素人目にはプロ並みにしか見えない。たった一ヶ月でこの域に達したって考えると、そりゃあ確かに、ゲームをする余裕もなけりゃ、恋愛してる暇もねーよな。

「いいよねえ、のめり込めることがあるって」

溜《た》め息《いき》をつくように、南は言った。

「あたし、いろんな部活に助《すけ》っ人《と》で入ってるけどさあ。何か特定のものに打ち込んだことってないんだよね。どれも中途半端っていうか」

「……だったらオレのことも中途半端にしてほしかったんだが？」

「だからさ、それだよ」

スマホに映した東頭の絵を眺めながら、

「恋愛事でしか幸せを感じられない自分がさ、哀れに思えてくるんだよね」

哀れなのはオレだろーが、というツッコミは、ギリギリ心の中に留《とど》め置いた。

まあ気持ちはわからんでもないのだ。オレもこの通りちゃらんぽらんだから、自分の道をはっきり決めてる奴《やつ》を見ると、羨ましい気持ちになることがある。

「……別に優劣はねーだろ。絵に夢中になんのも、男に夢中になんのも」

「そうかなあ」

「男のほうが危険性は高《た》けーってだけで」

「じゃあ大丈夫かあ」

大丈夫じゃねーよ。相手の男が危険だっつー話なんだよ。

「あーあ。誰かいないかなー？　あたしを幸せにしてくれる人ぉー」

「……ツッコミどころか？」

「できればズブズブの共依存になってくれる人がいいなー」

「ツッコミどころか？」

その条件で言うと、いねーよどこにも。

伊理戸水斗◆残された『初めて』

ＬＩＮＥで指定されたのは、校舎五階の多目的ホールだった。

教室の二倍くらいの広さがあるホールには、白い長机が等間隔でいくつも並んでいたが、今はそのだだっ広い空間にたった一人の姿しかない。

僕が文庫本、そして弁当を小脇に抱えて中に入ると、結女はほのかに笑って軽く手を振った。

「こっちこっち」

僕は彼女に近付くと、隣の席に弁当を置きながら、

「呼ばなくてもわかるよ。他に誰もいないんだから」

「待ち合わせっぽいじゃない？」

「今更『っぽさ』を求めるほど不慣れでもないだろう」

僕は椅子を引いて結女の隣に座り、無人のホール内を見渡した。

「文化祭のとき、会議で何度か来たけど、今は何もやってないのか。普段は鍵がかかってるもんなんじゃないのか？」

「ふふん」

結女は得意げに笑って、チャリッ、と鍵を顔の前にぶら下げた。

「いわゆる生徒会権限ってやつ？」

「……いわゆる職権濫用ってやつか？」

「人聞きの悪い。放課後にちゃんと使う予定があるから鍵を任されてるだけよ」

失《な》くさないようにか、鍵をしっかり財布の中に戻してから、「それに」と、結女は机に置いてある自分の弁当に手をかけた。

「こうでもしないと、一緒にお弁当を食べられる場所、どこにもないし」

ちらりとこっちを見て、結女は柔らかく微笑む。

僕はなんとなく恥ずかしさを感じつつ、自分の弁当の包みを解いた。

「ご飯なら別に、毎日一緒に食べてるのにな」

「でも、二人きりでお弁当食べるのは初めてでしょ？」

何気にそうなのだ。川波や南さんも一緒に、ということはあったが、二人きりではなかった。ただの義理のきょうだいとしては、二人で一緒にお弁当、というシチュエーションは些《いささ》かラインを越えていると判断していたのだ。

「本当はもっと、隠れ家っぽい場所に憧れてたんだけどね。ほら、漫画とかでたまに見る、屋上に繋《つな》がるドアの前とか」

「普通に汚そうじゃないか、あそこ？」

「そうなのよね。ちょっとご飯食べる環境じゃないなあと思って」

ろくに掃除もされてなさそうだしな。

「僕はこっちで良かったよ。人の気配にいちいちビクビクしなくて済むしな」

この階は図書室や美術室、工芸室など、そもそも人気《ひとけ》の少ない教室しかない。今も実際、昼休みの学校だというのに、話し声の一つも漏れ聞こえず、しんと静まり返っているくらいだ。

「そうね。この広いホールを貸し切りっていうのも、贅沢《ぜいたく》感あるし」

僕たちは弁当の蓋を開けた。中身はどっちもさして変わらない。僕のほうが若干茶色いかな、という程度だ。それも当然で、どちらも作ったのは由仁《ゆに》さんだ。

今の生活が始まった当初こそ、由仁さんも毎日弁当を作ってくれていたが、最近は作れない日も増えていた。単にサボり始めたわけではなく、どうやらここのところ仕事を詰め込んでいるらしい。これは父さんもそうで、今年に入ってからは二人とも、帰りが遅い日が増えていた。

「あ、そっちのほうがお肉多い」

僕の弁当箱を覗《のぞ》き込んで、結女が不満そうに言った。

僕は逆に結女の弁当箱を覗きつつ、

「そっちのほうが彩り豊かじゃないか」

「たぶん美容に気を遣ってくれてるんだと思うけど……それはそれとしてお肉も食べたい……。ちょっとちょうだい？」

「太るぞ」

「うぐ」

苦々しい顔をしてから、結女は唇を尖《とが》らせる。

「普通、言う？　そういうこと、彼女に」

「太ってるのか？」

「……胸が大きくなってるだけだし」

「いさなみたいな言い訳するなよ」

確かにまだ成長期が終わってはいないんだろうが。

「うう～……！　今までは『胸に栄養が行ってるから』って言えたのに～……！」

「くく。ボーナスタイムが終わったか」

「他人事《ひとごと》みたいに言って！　私がデブったらあなたも嫌でしょ？」

「程度によるが、多少は構わないよ。君は元々細すぎるしな」

というか、今でも普通に細い。抱き締めたときの感触から察するに。

僕は箸を取り、弁当箱から唐揚げを一つ摘《つ》まみあげると、結女のほうに差し向けた。

「ほら」

「ううっ……！　や、やめて……。甘えさせないで……。彼氏に許されると努力する理由がなくなっちゃう……」

「彼女が痩せさらばえるよりはいいよ」

昼の前まで唐揚げを近づけると、結女は小鳥のように小さく口を開けて、あむ、と唐揚げを少しだけ齧《かじ》った。

「……美味《おい》しい……」

あむ、あむ、と僕の箸から唐揚げを齧っていく結女を見て、まさしく小鳥に餌をやる親鳥の気持ちになった。

唐揚げをすっかり食べ終えると、結女は油で少しベタついた口で、「うう」と呻《うめ》く。

「ダイエットのやり方、調べておかないと……。東頭さんに訊《き》こうかな……」

「あいつはダイエットなんかしてないだろ」

「絶対嘘《うそ》！　じゃないとあのアンダーバストはおかしい！」

「だって最近のあいつ、勝手に痩せていってるぞ。作業に熱中して飯食わないから」

冬休み中もなんだかんだで大変だった。東頭家への訪問は控えめにする、と取り決めたはずなのに、結局一回だけ、凪虎《なとら》さんに「アタシ遊びに行くからいさなのメシよろしく」と召喚されてしまった。まるで飼育係である。

結女は羨望なのか心配なのか微妙な顔をして、

「それは痩せてるっていうより、やつれてるんじゃ……」

「結果は同じだろう？」

元々いさなは太りやすいタイプじゃない。体質的にどうかは知らないが、少なくとも精神的には。ストレスが食に行かないからな。どっちかというと寝て忘れるタイプだ。

はあ、と結女は重苦しい溜め息をつく。

「世の中不公平だなあ」

そう呟《つぶや》いて、野菜をしゃくしゃく食《は》み始める結女を見ながら、僕は気まずい気分になった。

白魚のような指。手折れそうな首。すっきりと華奢《きゃしゃ》な割に、出るところははっきりと出ている身体《からだ》のライン――

どう見ても、不公平だと言われる側の人間だろう、君は。

僕相手だからいいが、同性相手に言ったら嫌われそうだ。恋人としては、もっとスタイルを褒めて、自分の美しさを自覚してもらったほうがいいんだろうか。『おっぱい大きいのに腰がすっごくくびれてるね！』って？　セクハラエロオヤジじゃねえか。

だったらむしろ、しっかりスタイルを維持する努力をしたほうが、『え～？　何にもしてないよ～！』などと宣《のたま》うよりも印象がいいか。ということは……。

「まあ、頑張ってくれ。僕のためにも」

最後の一言は何気なく付け加えたものだったが、結女は「えっ？」と、その一言に大きな反応を示した。

「ん？　どうした？」

「いや、……あの、……なんというか……」

ごにょごにょと口籠もりながら、結女は意味もなくプチトマトを箸でつつく。

「彼氏のためにスタイルを維持するって……なんか、こう……捧《ささ》げ物を用意する的なニュアンスがあって、その……」

捧げ物。

そのワードから、僕の脳裏にあまりにも陳腐なシーンが連想された。薄っぺらいシーツを裸体に巻きつかせた結女が、身を差し出すように腕を広げて、『あなたのために用意したの……』としどけなく囁くという……。

「……君は僕のこと、散々ムッツリだとか言うけど、君のほうがよっぽどだよな」

僕がそう言うと、結女はかあっと耳を赤くした。

「しょっ、しょうがないでしょ⁉　女子的には現実的な問題なの！」

まるで男子的には幻想的な問題であるかのようだが、実際にはそれは、僕にとっても目を逸らせない事項だった。

確かに、二人きりで弁当を食べるのは初めてだ。

でもそれは、高校での話。

中学では今と同じように、人目を忍んで二人で食べたことがあった。それ以外にも、中学生の僕たちは様々な『初めて』を一緒に経験した。

初めてのデートも。

初めてのキスも。

僕たちは付き合いたてなのに、どれもとっくに、通過している。

だから——もう、僕たちの『初めて』は、一つくらいしか残されていない。

かつて試み。

そして失敗したこと。

「…………」

「…………」

かつてないほど距離感を掴み損ねながら、僕たちは昼食を終えた。

羽場《はば》丈児《じょうじ》◆勇気を用意する勇気

——どうかな……？　キミさえ良ければ、家に招待したいんだけど……

この数日、幾度となくリフレインする声に、俺は溜《た》め息《いき》をついた。

あんなことを言われて、心臓が跳ねない男はいない。

紅さんはいつもそうだ。意図が押しつけがましいくらいに明らかで、真面目に一線を引こうとしている自分のほうが卑怯《ひきょう》なように思えてくる。

これが他の誰かならば、彼女は何か勘違いをしているんだと思えるけれど、こと紅さんに限っては、俺なんかより遥《はる》かに頭のいい人だ。冷静に考えた上での言動であるとしか考えられなかった。

俺は……怖い。

紅さんの背景コーデとやらを一目見たときもそうだった。俺のためにそこまでしてくれるのか、と馬鹿みたいに浮かれる一方で、俺のせいでそこまでさせてしまったのか、という途方もない罪悪感も襲ってきた。

紅さんみたいな人が、俺みたいなのに好意を寄せてくれるなんて、間違いなく何かの間違いだ。

だけど、周りを見ていたら多少は学ぶ。

恋愛っていうのは、何かの間違いでしか起こらないのだと。

その間違いを受け入れる勇気が、俺にはない。よりにもよって俺のせいで、紅さんが間違ってしまったなんて――そんなことを認めることが、どうしてできるんだ。

俺は、俺ほど自己評価の低い人間を知らない。

自分のことを自然に、当たり前に、路傍の石だと思っている。ゴミよりマシだと言う向きもあるかもしれないけれど、俺に言わせてみれば、ゴミのほうが誰かに拾ってもらえるだけマシだ。

路傍の石にできるのは、誰かを躓《つまず》かせることだけ。

……いや、こんなのはただの言葉遊びだ。過剰に自分を下げて、自己嫌悪を楽しんでいるだけだ。俺はただ――そう、ただ――日和《ひよ》っているだけなのだ。

夢のような現実を前にして、夢が醒《さ》めるのを恐れているだけなのだ……。

そうしながら、俺は今日も、機械のように同じ時間に、生徒会室のドアを開く。

すると、そこに裸の紅さんがいた。

「ん？」

「……あ」

真っ白な背中が視界に飛び込んできて、俺は凍りつく。

大人っぽい黒のパンツだけを身に纏《まと》い、上半身は完全に裸だった。唯一、白いタオルが風呂上がりのように首にかけられ、かろうじて胸の膨らみだけは覆い隠されていた。

その光景から逃避するように周囲に目を走らせると、机の上に体操着が脱ぎ捨ててある。そういえば今日の5～6時間目は体育で、しかも持久走だった。現地解散でそのまま下校していいことになっていたから、生徒会室に直接来て、着替えるついでに身体を拭いておこうとしたんだと想像がついた。

別に、紅さんの下着姿を見たのが初めてってわけじゃない。

むしろ紅さんは、結構頻繁に見せてくる。だから慣れたってわけじゃないが、耐性はあるはずだった。

でも、今日はタイミングが悪い。

先日、あんな別れ方をしたばかりなのに、そんな姿を見せられたら――

「……すみまッ――」

「ドア」

俺が謝る寸前に、紅さんは困ったように笑った。

「寒いから、閉めてくれるかな？」

「あ……はい」

俺は言われるままに、後ろ手にドアを閉める。

それから気付いた。どうして部屋を出ていかなかったんだ。紅さんがあまりにも平然としているから、逃げるほどのことではないのかと思わされてしまった。

今からでも遅くはない。すぐに生徒会室を出て――

「ジョー」

ドアに振り返ろうとした瞬間、すでに紅さんが目の前に迫っていた。

後ずさりしようとしてドアに背中をぶつける。直後、俺の顔の横に紅さんが右の手をついた。

いわゆる壁ドンである。

首にタオルをかけただけの紅さんが、薄く、からかうように笑いながら、左手の指で俺の耳の輪郭をなぞるように撫《な》でる。

「赤くなってるよ？」

かあっと顔に血が集まるのを感じながら、まさか、と俺は思った。

「ま……待ってたんですね……？」

くすり、と紅さんは意味深に笑う。

おかしいと思った。身体を拭いていたはずなのに、タオルを首にかけてるなんて。俺が来るのを待ってたんだ。先日、誘いを袖にした俺を捕まえようとしていたんだ。

そこでラッキースケベを演出に選んでしまう辺り、相も変わらず『参考資料』がズレているみたいだけど。

紅さんは俺の股に膝を捻《ね》じ込んでくる。俺よりずっと小柄で華奢なのに、たったそれだけで、食虫植物のツルに搦《から》め捕られたかのようだった。

紅さんは俺の瞳をじっと見つめて、言う。

「この前は、よくも恥を掻《か》かせてくれたね」

俺はその目から顔を背けて、呻《うめ》く。

「あ、あれは……本当に……」

言い訳を遮るように、紅さんは俺の首筋を撫でた。細い指が肌を這《は》い回る感覚に、ぞくぞくと波のようなものが全身を巡っていく。

そんな俺の反応を、紅さんは楽しんでいるようだった。表情こそ余裕の笑みのままだけど、徐々に頬《ほお》が上気して、テンションが高まっているのがわかる。

ま、まずい……。どうにかして逃げないと……！

「ひ……人が来ますよ……！　早く、服を……！」

「だったら——今度こそ、ぼくの家にでも行こうか」

そう言って、紅さんは胸を覆い隠すタオルに指をかけた。

「人目を気にせず……全部、楽しめるよ？」

紅さんは……笑えない冗談は、言わない人だ。

だから俺は知っている。彼女が本気じゃなかったときはない。からかっているように見えて、その実すべてが本気のアプローチなのだ。

からかっていると、そう思いたいのは、俺のほう。

神戸旅行で、星辺先輩は亜霜さんの気持ちに本気で応えた。一方の俺は、何かと理由をつけて紅さんと本気で向き合おうとしていない。だから紅さんも躍起になって、こんなことをし始めたのだ。わかっている。俺はわかっているのだ。

俺は、人を見る目だけは確かだから。

それだけは……紅さんが、認めてくれたことだから。

紅さんの指が、ゆっくりと、タオルを横にずらしていく。まだ幼さの残る、未完成な趣のある膨らみが、徐々に露《あら》わになっていく。このまま黙っていたら、向き合わないでいたら、たぶんすべてが見えてしまう。それは果たしてラッキーか？　いや、違う。それは、それは、それは──

「──紅さん！」

タオルが取り払われる前に、俺は紅さんの身体《からだ》を抱き締めた。

自分の身体に、紅さんの身体を押しつけて、覆い隠した。

「ひゃうっ」と紅さんが小さな悲鳴を上げる。

こんなに小さくて、こんなに華奢《きゃしゃ》で、こんなに魅力的で──だからこそ、俺は。

「……こんなやり方……しないでください」

素直な気持ちを、吐露することしかできなかった。

「どうせなら、俺は……ちゃんと、順序を踏みたいです」

「えっ？」

紅さんは驚いた声を上げる。

でもやがて、間近から俺の顔を見て、俺の手にこもった緊張を読み取ると、仕方ないな、とでも言うかのように小さく笑みを零《こぼ》した。

全部、バレてしまったんだろう。今の俺には、まだ紅さんと正面から向き合う勇気がないってことを。だからこうして、目が合わないようにしているんだってことを。

「順序って、どんな？」

全部わかった上で、意地悪を言う。

神戸旅行のときを思い返しながら、俺は切れ切れに言った。

「……遊びに行く……とか」

「何度もしているじゃないか」

「手を、繋《つな》ぐ……？」

「それもしてる」

「じゃあ、抱き締め……」

「今してる」

ああもう、頭の中がぐるぐるして、わけがわからなくなってきた。

あと、したことないことと言ったら——

「——キス……とか……？」

ほっぺにされたことは、あるけど。……当然ながら、口でしたことはない。

俺の腕の中で、紅さんは小さく揺れた。笑っているんだと、声がなくてもわかった。

「ぼくと、キスしたいんだ？　ジョーは」

「し、したいというか……一般論として、の話であって……」

「わかった」

紅さんは、俺の背中に手を回すと、放すまいとするかのように力をこめる。

「ごめんね。ぼくも少し、焦りすぎた。もっと腰を据えて、きちんと口説くことにするよ。そう――あと一ヶ月もすれば、バレンタインだしね」

……バレンタイン。

「そこからさらに一ヶ月後――ホワイトデーになる頃には、キミはきっと、ぼくとキスしたくてたまらなくなっているだろう。だから――」

紅さんは不意にするりと、俺の腕の中から抜け出す。

そして、俺に背中を向けると――首にかけていたタオルをしゅるっと取り去った。

「――ここから先は、それまでお預けだね」

完全に何も着けていない上半身の、背中だけを俺に見せながら、紅さんは肩越しに振り返って悪戯《いたずら》に笑った。

俺はずるりと、その場にへたり込む。小さな背中を向けた紅さんは、蠱惑的《こわくてき》というよりは勇ましく見えた。

……お預け。

……二ヶ月も。

自分から止めたことなのに、そう言われた途端惜しく思ってしまう自分が情けない。

俺のそんな気持ちも見透かしたかのように、紅さんは小気味よく笑った。

「────」

「──、──」

「──」

……あ、まずい。

「く、紅さん！」

「ん？　なんだい？　やっぱり我慢が──」

「話し声が……！　みんなが来ます！」

瞬間、紅さんは大慌てで制服を掻《か》き集《あつ》め、隣の資料室に飛び込んだ。

数分後、生徒会役員たちの前に出てきた紅さんは、何食わぬ顔をしながらも、首元のリボンが少しだけ曲がっていた。

川波小暮◆いつも後から今更に

——恋愛事でしか幸せを感じられない自分がさ、哀れに思えてくるんだよね

三学期も始まって半月ほど経《た》った頃、もう何日も前に聞いた南《みなみ》の言葉が、不意に脳裏に蘇《よみがえ》った。

別に、共感したわけじゃない。他人の恋愛を尊いと思う自分の感性を、オレは哀れだとは思わない。それを言ったらYouTuberとか、アイドルとか、ゲームのキャラを推してる奴《やつ》だって同じことだ——確かに東頭みたいに創作側に回るのはすげーと思うけど、別に、それとこれに上下関係があるわけじゃねーと思う。

なのに、その言葉がささくれのように気になってしまうのは……たぶん、自信がないからなんだろうな。

オレは最初っから恋愛ＲＯＭ専だったわけじゃない。過去に自分の恋愛で痛い目を見たからそっちに転向した、いわば負け犬だ——ってのは言いすぎにしても、後ろ向きな理由から始まった趣味であることに違いはない。

それを思うと、まるで生まれたときからそうだったかのように、自然と好きなものができて、導かれるように熱中している奴らには……なるほど確かに、気後れしてしまう部分がある。

眩《まぶ》しいんだ。その純粋な、情熱ってヤツが。

同じような想《おも》いを、周りの恋愛を見ているときにも抱く。神戸旅行の、星辺先輩のとき

もそうだった。自分はもう、あんな風に純粋にはなれないんだと——諦めのような、羨みのような、そんな感情が胸の奥にチラついて、自分にイライラする。

……ああ、まるでオタクを羨むキョロ充だな。

オレの人生にこんなドデカいケチが付いちまったのは、あの女のせいだ。責任を取れって言いてーところだけど、そう言ったらきっとあいつは嬉々《きき》とするだろうから、結局、自分で考えなきゃあいけねーんだろうな——自分の生き方くらいは。

「おっ、よっすー」

柄にもなく哲学しながら、当て所《あど》もなく放課後の校内を歩いていたら、ちょうど思い浮かべていた顔と遭遇した。

南暁月《あかつき》だ。どういうわけか、ちっこい身体をバスケのビブスに包んでいる。

「よう。なんだその格好？」

「人数合わせに呼ばれちゃってさ。ちょうどインターバル入ったとこ」

そう言って、南は冷水機に近寄り、髪を押さえながら噴き出す水に口を付けた。

こくこくと何度か喉を鳴らすと、「ふいー」と息を吐きながら顔を上げる。

それから、ビブスの裾をぐいっとたくし上げて、それで口元を拭いた。

その際、白いお腹《なか》と、青っぽいブラジャーの下端が無防備に露《あら》わになり、オレはぎょっとする。

一言注意してやろうかとも思ったが、『もっと人目を気にしろよ』なんて言ったら、まるで独占欲を剝《む》き出しにしているみたいで癪《しゃく》だ。かと言って目を逸《そ》らして見て見ぬフリをするのも、いかにも意識してるって感じで癪だ。

「……もう一月も半ばを過ぎようってのに、寒くねーのか？」

だから結局オレは、迂遠《うえん》な言い方でお茶を濁した。

南はビブスの裾から手を放し、

「身体を動かしたら気になんないよ」

「あ、そ……」

前々から思ってたが、ビブスってヤツはどうしてこう、隙が多いんだろうな。ゆるゆるのタンクトップみたいで、ちょっと屈《かが》むだけで中が見えそうになる。体操服の上に着ろよ。

「そのタッパで活躍できんのかよ？　ボール持ち上げられたら届かなくね？」

「そこはほら、ジャンプ力でカバーよ。『小さな巨人』よ」

「カエルみてーだな」

「カモシカと言いなさい、カモシカと。……はくちゅっ」

突然くしゃみをして、南はぶるると剝き出しの肩を震わせた。身体が冷えてきたらしい。しょうがねーな。オレは制服の上に着ていたベストを脱ぎ、南の肩に掛けてやった。

「ありがと。ついでにティッシュちょうだい」

「あいよ」

ポケットティッシュを渡してやると、南は、ちーん！　と勢い良く鼻をかむ。

「でもまあ」

ティッシュをくしゃくしゃと丸めながら、南は鼻声で話を続けた。

「本職とタイマンしたら勝てないよね。あたしはちょろちょろ動き回って攪乱《かくらん》するのが精一杯だよ。数合わせに甘んじるのが分相応ってヤツかなー」

悔しさが欠片《かけら》も混じっていない、乾いた言葉だった。

南はいろんな運動部に助っ人《すけと》で入っているが、どれひとつとして真剣に取り組んだことがない。運動神経はいいから、どんなスポーツもすぐにコツを摑《つか》んで上手《うま》くなるらしいが、真剣に上を目指したくなるほど情熱を持ったことはないようだった。

「お前ってさ、いろいろ部活やってっけど、結局どれが一番上手いんだ？」

ふと気になって尋ねると、南はちらりとオレの目を見てから、「んー」と視線を上向けて考える。

「どれだろうね。どれもあんまり向いてない気がする」

「そんなに引っ張りだこにされてんのに？」

「器用なだけだよ。結局さ、大抵のスポーツは背が高いほうが有利なわけ。ただ走るだけでも歩幅がでかいほうが速いでしょ？　体重は軽いから、瞬発力はあるほうだと思うけどね」

「あー。マリカーで軽量級のほうが加速が早い的な」

「そそそ」

でも、上位勢はみんな最高速が速い重量級を使う。

「それで言うと、今までで一番ワンチャン感じたのは卓球かなー」

「そういや昔、家族旅行でお前にボコられたことあったな」

「ねー。あんたが拗《す》ねて、あたしがクソ焦ったやつ」

「本気でやろうとは思わなかったのかよ？」

「向いてるかどうかと、夢中になれるかどうかは別の話だからね」

高校一年も終わりに差し掛かると、多少は人間ってヤツがわかってくるもんだ。

世の中の、いわゆる天才というヤツは、最初から能力を持って生まれてくることが偉いんじゃない。何かに夢中になれるほどの、無限のモチベーションを持っていることが偉いんだ。

自分にはそれがない、と気付いたとき、人は一歩、大人になる。

……だけど、どうしてだろうな。

置き去りにされてるのは、自分のほうみたいだ――

「――待ってなくても良かったのに」

「――室に用があったからついでだよ」

ん？

校舎の中から聞き覚えのある声が聞こえて、オレたちは振り返った。

オレたちは今、体育館に続く渡り廊下にいる。そこから校舎の中を覗《のぞ》き込むと、廊下の奥に伊理戸きょうだいの姿があった。

伊理戸さんはこれから帰るところなんだろう。鞄《かばん》を手に提げている。伊理戸のほうは……なんでまだ学校にいるんだ？　図書室で東頭とつるむのはやめたんじゃなかったっけ。

「帰りに買い物していかないと。お母さんに頼まれてるの」

「しょうがない。荷物持ちくらいしてやろう」

「じゃあよろしく」

「自分の鞄は自分で持て」

「けち」

オレと南はどちらからともなく、顔を見合わせていた。

学校での伊理戸きょうだいは、さほど仲がいいとは言えない。だからこそ、入学時に伊理戸さんが自ら立てたブラコンの噂《うわさ》も、すぐに立ち消えたのだ。

だけど、今の様子は、どこか……。

「じゃあ、帰ろ」

「ああ」

そして、決定的な瞬間が訪れた。

伊理戸さんが、するりと、自然に、さりげなく。

義理のきょうだいである伊理戸の手に、自分の手を絡ませたのだ。

甘えるように肩を寄せる伊理戸さんに、伊理戸は「まだ学校」とにべなく注意し、手を離す。

だが、二人は変わらず仲良さげに肩を並べたまま、昇降口の方向に去っていくのだった……。

「………………………」

「………………………」

オレたちは唖然《あぜん》と、その背中を見送る。

オレの胸中にあったのは、ただ一言だった。

――やられた！

伊理戸の奴、オレの知らないうちに、オレに隠して……！　やっぱりだ！　クリスマスに泊まりに来た後、何かあったんだ、あの二人！

「おい、南……！」

悔しさと興奮がないまぜになったまま南に話しかける。

と——南はなぜか、口を半開きにしたまま、伊理戸きょうだいが消えた廊下を見つめ続けていた。

「……おい？　どうした？」

「……うーんと」

南は目を瞑《つぶ》り、言葉を探すような間を作ると、

「…………プチ失恋？」

「はあ？」

何を今更。伊理戸さんのことはとっくに諦めたんじゃなかったのかよ？

「結女ちゃんはもちろんとして、伊理戸くんにも一度は求婚した身として、なんというか、こう、複雑というか……」

「どっちも恋愛なんて上等なもんじゃねーだろーが」

「そうなんだけど！　……そうなんだけどさあ……」

……まあ、難しいわな。こういうのは。

吹っ切れたと思っても吹っ切れてなくて。終わったと思っても終わってなくて。ずるずると、気付かないままに、引きずっている。

「そんじゃ、慰めてやろーか？」

オレは茶化《ちゃか》すようにそう言った。そのほうが、今のこいつには効きそうだった。

案の定、南はオレの顔を見上げてにやりと笑い、

「じゃ、どっちの家行く？」

「は？　なんで家限定？」

「そりゃそうでしょ。傷心の女子を慰めるといえばぁ～……」

「オレを直結野郎にすんじゃねーよ！」

ぷくく、と南は小さく肩を揺らした。

よくそんな下ネタが言えるもんだぜ。あの初々しい二人の姿を見た後に……。

……初々しい、か。

そんな風に見えているのは、オレだけなのかもしれない。あの二人もあの二人で、オレたちなんかよりよっぽど厄介な状況にいる。それを乗り越えての、あの姿なんだ。

だったら、なのに、オレは、いつまで……。

はあ、と溜《た》め息《いき》を一つついた。

「……なあ。部活っていつまでだ？」

「え？　あと三〇分もしたら終わるけど？」

「じゃ、それまで待っとくわ」

あの二人が進んだのに――オレだけいつまでも傍観者ヅラで、誤魔化《ごまか》しているわけにはいかねーよな。

「帰る前に、どっか遊びに行こうぜ」

「いいの？　久しぶりじゃん」

「失恋記念に奢《おご》ってやるよ」

「おーっ！　傷付いて正解！」

「傷付いてる奴《やつ》はそんなこと言わねーんだよ」

南は肩に掛けていたオレのベストを剝《は》ぐと、こっちに投げ渡してくる。

「ちょっと待ってて！　試合、一瞬で終わらせてくる！」

そう言い残して、南は風のように駆けていった。

「……バスケは時間制だろ」

あいつの温《ぬく》もりが残ったベストを摑んだまま、オレは小さく笑う。

あの神戸旅行で、せっかく覚悟を決めたんだ。

オレも、先のことを考えねーとな――

伊理戸水斗◆家庭内遠距離恋愛

家の中で、僕たちが恋人であれる時間と場所は、限られている。

放課後、学校から帰ってきてから、父さんたちが帰ってくるまで。

そしてそれ以降は、父さんたちが一階にいたり、自分の部屋に入っている間にだけ、二階の廊下でわずかなやり取りを交わすことができる。

「じゃあ、おやすみ」

「おやすみ」

結女と軽く手を振り合って、僕は自分の部屋に入った。

隣の部屋からかすかな気配を感じながら、本の山を避《よ》けてベッドに腰掛ける。

それからスマホの画面を見下ろすと、ちょうど結女からの通知があった。

〈おやすみ♥〉

さっきはなかった語尾のマークに、僕は小さく笑った。わざとらしいな。

僕もまたもう一度〈おやすみ〉と返して、ベッドに仰向《あおむ》けに倒れ込む。

スマホを使えば、時間にも場所にも縛られることはない。

寝る前にこうしてＬＩＮＥを交わすこともできるし、時にはビデオ通話を使って話し込むこともある。

だけど——触れ合えるのは、わずかな間だけ。

これじゃあまるで遠距離恋愛だ。同じ家に住んでいるのに、家の中にいるときが一番距離が遠い。

それでも……いつかは、前に進むときが来る。

中学の頃に、僕たちは多くの経験を通過した。今は新たな始まりであると同時に、あの頃の続きでもある。

家族であるとわかっていて、それでも恋人であることを選んだのなら。

僕たちは……証明しなければならない。

中学時代の二の轍《てつ》を踏むことはないと――あの頃よりも、もっともっと先へと進めるのだと。

「…………………」

なんて、格好つけて言ってみても、いやらしい期待をしている思春期男子と大して変わらないな。

結女はどう思っているんだろう。

僕と一緒に、先に進むつもりは――あるのだろうか？

伊理戸結女◆期待と不安

「はあ……」

ベッドの上で仰向けになり、私はそっと自分の胸を押さえていた。

ときどき、わけもなくドキドキすることがある。

今月になって急に目の前に現れた、未来への入口。それを潜《くぐ》り抜ける自分を想像して、無性に恥ずかしくなったり、不安になったり、我ながら情緒に安定感がない。

だって、どうしても思い出してしまうのだ。

幸せそうに惚気《のろけ》る亜霜先輩の顔を——そして、約二年前、初めてこの家の敷居を跨《また》いだときのことを。

「〜〜〜〜っ」

枕を抱き締めて、ベッドの上をゴロゴロした。

もちろん覚悟はしてたけど、いざ現実になると落ち着かない。ネットで調べてみたところ、初めて『そうなる』場所は、『彼氏の部屋』が最多らしい。亜霜先輩もそうだったって言ってたし。でも私の場合、彼氏の部屋はすぐ隣にあるし、自分の親が暮らしている家でもある。そう簡単に予定は立てられない。

でも、いつかは……いつかは、そのタイミングが来ると思う。

早いとは思わない。私たちはずいぶん長い間足踏みをしていたんだし、むしろ遅すぎるくらいだと思う。だから私は……覚悟を決めて、そのときに臨むだろう。

楽しみなようで怖くて、怖いようで楽しみで、うう〜〜っ……！

……水斗も考えてるのかな？　私の……その、エッチな姿を妄想して、こんなことをしようとか、あんなことをしようとか……。ど、どうしよ。私、そういうこと全然知らない……！　訊《き》いておいたほうがいい？　暁月さんとか亜霜先輩とかに……！　でもなんて訊けばいいの⁉　恥ずかしすぎるって〜っ！

……まあ、落ち着こう。

先のことは先のこと。具体的な予定ができたわけじゃないんだし……。今は目の前のことに集中するべきだ。

年度末の予算委員会——ではなく。

二月十四日。

そう——バレンタインデーが、もうすぐやってくるのだ。

ただの女の子の告白

伊理戸《いりど》結女《ゆめ》◆告白顔選手権

学校で二人きりになったときに、私は勇気を持って切り出した。

「暁月《あかつき》さん……バレンタインって、どうするつもりとか、ある？」

暁月さんは眉を上げながら私の顔を見つめると、『はは〜ん』とでも言わんばかりの訳知り顔をした。

「はは〜ん」

本当に言った。

「これはアレですな？　伊理戸くんに手作りチョコをあげたくて、すでにネットとかで作り方調べてみたけど、不安だから誰か詳しい人に教えてもらいたい……のアレですな？」

「そ、そこまでは言ってない……」

けど、大体当たりだ。

水斗《みずと》と付き合い始めたことがバレて以来、暁月さんは何かと気を遣ってくれるけど、ときどき察しが良すぎて怖くなることがある。水斗も察しの良さでは負けてないんだけど、暁月さんのはどうしてこう、ちょっと居心地が悪くなるんだろう。

「いいよ！　あたしも作ろうと思ってたし、一緒に作ろ！　湯煎のやり方から髪の毛の仕込み方まで、丁寧に教えてあげる！」

「いや、食べられないものを混ぜる予定はないんだけど」

冗談よね？

私のほのかな疑念をスルーしつつ、暁月さんは「あ、それじゃあさ」と話を展開した。

「もう一人誘ってみようよ」

「もう一人？」

「そうそう。いるでしょ？　放っといたら義理チョコの一つも用意しなさそうな子が」


「……バレンタインチョコ……？」

昼休みに教室に行き、クラスの子に呼び出してもらった東頭《ひがしら》さんは、青天《せいてん》の霹靂《へきれき》とばかりにきょとんとした顔をした。

「そういえば、ありましたね……。そんな文化が……」

「バレンタインを何の日だと思ってんの？」

「告白する美少女のイラストがいっぱい流れてくる日だと……」

まあ、もはや驚きはしない。恋愛沙汰に疎い女子のバレンタインへの認識などこの程度のものだ。友チョコを贈り合う機会もなかったんだろうし。

「東頭さんも、水斗にはお世話になってるでしょ？」

私は言った。

「日頃の感謝として、チョコくらい作ってみても罰は当たらないと思うけど」

「おー！　いいね、結女ちゃん！　正妻の余裕ってヤツだ！」

「茶化《ちゃか》さない！」

むむーん……、と東頭さんは、困った風に眉根を寄せる。

「お説ご尤《もっと》もなんですけれど、ちょっと〆切《しめきり》が……」

「〆切？　何の？」

「バレンタインに上げる用のイラストの……」

「架空のバレンタインのために自分のバレンタインが疎《おろそ》かになるとは、本末転倒な」

暁月さんは呆《あき》れた風に言うけれど、東頭さんや水斗的には、チョコ一個よりもずっと重要なことなんだろう。

東頭さんは首を捻《ひね》りながら、

「構図はできてるんですけど、表情がしっくり来ないんですよね。こんなことなら、水斗君に告白したときの自分を動画に撮っておけば良かったです」

「自分の青春を完全に資料としか思ってないわね……」

「伊理戸くんに訊いたら？　真っ正面から見てたじゃん」

「水斗君曰《いわ》く、わたしが描くキャラはわたしとは似ても似つかないから無駄だそうです」

確かに、東頭さんのイラストに出てくるキャラは、誰が見ても自分のことと思えるような、ごく一般的な女の子が多い。変人一直線の東頭さん自身とは正反対だ。不思議なものである。

「……あ、思いつきました」

「「ん？」」

東頭さんは唐突につかえが取れたような顔をして言う。

「お二人にやってもらえばいいんですよ。好きな人に告白するときの顔を」

「えっ……？」

「そしたら行けます！　チョコ作り！」

お、おかしい……。東頭さんのために誘ったはずなのに、なぜ私たちが対価を……？

「んー、仕方ないなあ」

私が至極真っ当な疑問を持っている間に、暁月さんがあっさり受け入れて、「んんっ」と軽く咳払《せきばら》いをした。

私たちの視線が集まると、暁月さんはちらっと一瞬、こちらを見てから、しおらしい表情をした。

それから、ポニーテールの先をいじる。自分の緊張を必死になだめるように。

「……好き、……なんだけど、……いいかな……？」

瞬間、私も東頭さんも息を止めた。

呟《つぶや》くようなか細い声に、普段の元気さからは想像もできない弱気な表情――演技だとわかっていても、鼓動が乱れるのには充分だった。

「可愛《かわい》いです!!　最高です!!」

「へっへ～♪　どーもどーも」

東頭さんのシンプルな激賞に、暁月さんははにかんで応える。器用な人だとは思ってたけど、まさか演技まで上手《うま》いとは。……それとも、何か実体験を元にしたのかな……？

「じゃあ、次は結女ちゃんね」

にたりと笑って、暁月さんは私を見る。

私はたじろいで、

「し、資料は今ので充分でしょ……!?」

「あればあるほどいいに決まってんじゃん！　ね、東頭さん？」

「もちろんです！」

「わっ、私は暁月さんみたいにできないからっ！」

「いいじゃん。実体験をそのままやれば」

にやにやとからかい顔で、暁月さんが言った。

「したんでしょ、告白～？　付き合ってるってことはさぁ～」

もしや、これが目的か……！　私から惚気話を引き出してからかってやろうって……！

「い、いや……私は、その……」

「んん～？」

追及から逃れるように目を逸《そ》らし、手の甲を口につけて、表情を隠し。

恥ずかしさを堪《こら》えながら、私は言う。

「………あっちのほうから、言ってもらったから………」

中学のときにしても、ラブレターに頼ったし。

告白に応えはしたけど、自分の口から告白したことは、実は……。

「「……………」」

気付くと、暁月さんと東頭さんが、両方止まっていた。

魂が抜け落ちたような無表情で。

「……な、なに？　どうしたの？」

東頭さんが「い、いえ……」と額を押さえながら、

「可愛らしさへのときめきと、惚気《のろけ》からのダメージで、感情の処理が……」

「あっ！　ご、ごめん……！　東頭さん相手にするような話じゃなかった……！」

焦る私を他所《よそ》に、暁月さんが深く肯《うなず》いて、

「わかるよ、東頭さん……。今のはあたしも効いた……」

「そっちはなんで⁉」

ともあれ、三人での手作りチョコ研究会の開催が、これで決定したのだった。

亜霜愛沙《あそうあいさ》◆置いていかれる者

ランランがリスのように可愛くチョコを食べているのを、あたしは真剣な表情で見つめていた。

「……どう？」

こくん、と口の中のものを飲み込み、ランランは口を開く。

「結論から述べますと」

「ごくり」

「食べすぎてよくわかりません」

生徒会室のテーブルの上には、あたしが持ってきたチョコの包みが、残骸のように積み重なっていた。

そのすべてが、あたしの努力の結晶——手作りバレンタインチョコの試作品である。

もちろん自分でも味見はしたんだけど、女子と男子じゃ好みが違うかもだし、なんとなく男っぽい好みをしていそうなランランにも食べてもらったわけだ。決して他に友達がいないわけではない。

ランランはチョコで汚れた唇をティッシュで拭いながら、

「手作りチョコと言っても市販のチョコを溶かして固めただけなのですから、そうそう味を外すことはないでしょう。こんなに試作する必要はないのでは？」

「ホント男子みたいなこと言うねランラン！　溶かして固めるだけがどんなに大変か！」

「ならば、その大変さをアピールすれば、星辺《ほしべ》先輩も無下にはしないと思いますが」

「……そうなんだけどさあ」

あたしは肘をついた両手に顎を乗せて、唇を軽く尖《とが》らせる。

「ほら、センパイはもうすぐ卒業じゃん？　大学に行っちゃうじゃん？　周りにＪＤがいっぱいいるじゃん？　悪い虫がつきそうじゃん？」

「それはまあ、亜霜先輩という実例がいますし」

「悪い虫って言った？　生徒会に推薦してあげた大恩ある先輩を？」

まあいいや。

「とにかく！　センパイが変な女に騙《だま》されないように、今のうちに骨抜きにしておきたいの！　そのために最強のバレンタインチョコが必要なの！」

「なるほど。毒をもって毒を制すというわけですか」

「ランラン？」

毒とか悪い虫とか、お口が悪いよ？　ランラン？

「意図はわかりましたが……一つだけ訊《き》かせてもらってても？」

「ん？　なに？」

「亜霜先輩は、星辺先輩のことを信用していないんですか？」

「彼女の束縛にうんざりした男みたいなこと言うのやめて⁉」

あたしは机にぐでっと突っ伏し、膨らませた頰《ほお》をぷすっと潰した。

「……しょうがないじゃん。不安なんだもん。今までよりも、センパイが遠くに行っちゃうような気がしてさ……」

「勝手に不安になられて纏《まと》わりつかれる星辺先輩も大変ですね」

「チクチク！　さっきからチクチク言葉が過ぎるよランラン！」

物理で攻撃したらこっちがダメージ受けるタイプの敵だよもはや！

「ご活躍をお祈り申し上げます」

淡白にそう言って、ランランは鞄《かばん》から教科書とノートを取り出した。机の上にそれらを広げ、かきかきと勉強を始める。

　あたしは顔を上げて、見慣れた姿を眺めながら、

「ランランはいないの？　チョコあげる人」

「いると思いますか？」

「好きな人じゃなくても、ほら、クラスの男子とかにさあ〜」

「そうやって誰彼構わず思わせぶりなことをするから、女子の反感を買っているのでは？」

「グサグサ！　もはやグサグサ言葉だよランラン！」

　静かにペンを走らせながら、ランランは言う。

「わたしには、関係のないことです」


伊理戸結女◆一人だけ彼氏持ちだとこうなる

「いい？　東頭さん？　『手作りチョコって言っても溶かして固めるだけじゃん。全然手作りじゃなくね？』って世の男子は言うけどね——その『溶かして固めるだけ』のことに、世の女子の血と涙が詰まってるんだよ」

「異物混入はどうかと思いますけど」

「異物じゃないの！　バレンタインチョコに限り！」

暁月さんの家のキッチンに集い、私たちは万端、準備を整えていた。

材料を並べ、エプロンに身を包み、どこに出しても恥ずかしくない家庭的女子。……暁月さんを除く、私と東頭さんに関しては、ちょっとハリボテ気味ではあるけれど。

でも、私も一年前に比べれば、ずいぶん料理という作業に親しんだ。スマホで簡単なレシピを調べてちゃちゃっと作るくらいのことはするようになったのだ。この前なんかオムライスにも挑戦したんだから！（成否は黙秘する）

暁月さんの指示に従って、私たちは動き出す。

東頭さんは本当に料理に馴染《なじ》みがないようで、「得意料理は？」って訊いたら「マルちゃん正麺ですね」という答えが返ってきた。本当にそれが得意だったら就職したほうがいい。

というわけで、東頭さんの手から包丁を遠ざけ、チョコを刻む作業は私と暁月さんで担当した。絵描きに手を怪我《けが》させるわけにはいかない。

最初こそいっぱいいっぱいだったけど、手順がわかってくると、だんだん余裕もできてくる。

暁月さんは、湯煎に使っているお湯の温度を注意深く測りながら、

「結女ちゃんはさー、どんな感じなの？」

あまりにも曖昧な質問に、私は首を傾《かし》げる。

「どんな感じって？」

「伊理戸くんと！　チョコ作るくらいだから、上手くはいってるんだろうけどさ。ほら、普段はあんまり聞けないじゃん？」

私と水斗が付き合っていることは、学校では基本的に隠している。

知っているのは、東頭さんと、この前バレてしまった暁月さんと川波くん、そして紅《くれない》会長だけだ。もしかしたら羽場《はば》先輩も知ってるかもだけど……。亜霜先輩は、私に彼氏がいることは知ってるけど相手までは知らない。

「わたしも気になります！」

東頭さんも目を輝かせて、

「もう一ヶ月ですよね？　しかも同じ屋根の下……。それだけあれば……」

「ねえ？　東頭さん？」

「ねえ？　南《みなみ》さん？」

二人は顔を見合わせて、いやらしくにやにやと笑った。考えていることは大体わかる。私も逆の立場だったらそのくらいの勘繰りはするだろう。本人に直接言うかはともかく。

私は粛々と作業を進めつつ、

「あるわけないじゃない。同じ屋根の下って言うけど、親の目もあるのよ？」

「えー？　でも、こっそりならさ、ほら……できることも、あるじゃん？」

「逆に溜《た》まっちゃいそうですね！」

意地悪な顔の暁月さんと、鼻息の荒い東頭さんの額を、それぞれ軽く小突いた。

もちろん、たまにはお母さんたちの目を盗んで、恋人らしいことをするときもある。けど、いつバレるかわからない状況じゃ気が気じゃないし……外で会う時間も作ってるけど、それにしたってやっぱり公共の場所だし……。

「真面目だよねえ、結女ちゃんも伊理戸くんも」

「水斗君は理性の権化ですからねえ。ダメだと思ったら本当に何もしませんよ」

東頭さんが豊かな胸を張りながら言うと説得力がある。

「それでいいのよ。水斗がちゃんと私のことを考えてくれてる証拠だし」

「そうは言ってもさあ、やっぱりたまにはぐいっと迫られたいじゃん？　女子たる者！」

「でもでも、普段我慢してるほど解放されたときはすごいんじゃないですか？　水斗君はそういうタイプだと思うんですよね！」

「いいねいいねっ！　いつものクールさが嘘《うそ》に思えるくらい必死にがっついちゃったりして！」

「へへ、へへへへ。アリですね。エロかわですね」

「人の彼氏で猥談《わいだん》するのやめてくれる!?」

あの水斗が必死に……うわわ、うわわわわ！

熱くなった顔を冷ましていると、東頭さんが「むむう」としかつめらしい顔をして、私を——正確には、私の身体《からだ》を見つめていた。

「結女さん。せっかくバレンタインなんですから、あれやりましょうよ、あれ」

「あー、あれね！」

暁月さんが我が意を得たりと手を叩《たた》いたけど、私はさっぱりピンと来なかった。

「あれって？」

「ほら、リボンを身体に巻いてー」

「チョコをちょこっと身体につけてー」

東頭さんと暁月さんは互いに手を握り合い、二人揃《そろ》ってしどけない顔で私を見て、

「『食・べ・て？』」

「……………やらないから」

「可愛《かわい》いのになあー」

「エッチなんですけどねえー」

「あなたたち、なんで基本的に、発想が思春期男子なの？」


紅鈴理《すずり》◆万策尽きた？

試作したチョコを一口味見し、ぼくは一つ肯いた。

「こんなところかな」

ジョーの好みは去年のうちにリサーチしてある。去年とまったく同じでは義理感が出てしまうので、少しアレンジは加えたが、外した味にはなっていないはずだ。

失敗はない。ジョーも抵抗なく受け取ってくれるだろう。当然のように、粛々と。

……本当に、これだけでいいのかな？

例えば参考文献で見た、バレンタインカラーのリボンを身体に巻きつけて――いや、スルーされたときがいたたまれない。

ならば、ハート型のチョコを胸に挟んで――無理だな、サイズ的に。

光に満ちたキッチンの中から、闇に覆われたダイニングを眺めて、ぼくは溜《た》め息《いき》をつく。

そうした男子の情欲に訴えかけるようなことは、これまでに何度も試みてきた。下着姿で押し倒したこともあるし、抱きついて耳に息を吹きかけたこともあるし、さりげなく胸を押しつけたこともある。

今更、そういうアプローチを試したところで、ジョーに響くイメージがさっぱり湧いてこなかった。

これ以上、どうすればいいのか……。それを思いつかないのは、ぼくが子供だからなのだろうか？　もっと経験豊富な大人なら、即物的なアプローチに頼ることなく、スマートにジョーの気を惹《ひ》くことができるのだろうか……。

ぼくには、もう……何も思いつかない。

やれることがあるとしたら、あとは、もう――

伊理戸水斗◆三回目のバレンタインデー

「ほらよ、男子ども！　一人一個ねー！」

結女の友達（坂水《さかみず》だっけか？）が鳩《はと》に餌を撒《ま》くように10円チョコを配っている。男子たちは不満を零《こぼ》したり、お礼を言ったり、虚勢を張ったりしながら、やっぱり餌に群がる鳩のようにチョコを手にしていく。

教室内に限らず廊下のほうでも、友チョコを贈り合う女子の姿が散見された。友チョコという文化ができたのはいつのことなのだろう。恋愛事に縛られずチョコが売れるようになって、製菓会社もさぞかし喜んでいることだろう。

二月十四日。

バレンタインデーという、祝日でも何でもない、どこかの何らかの記念日を、僕は中学一年生のときまで、これっぽっちも意識していなかった。

変わったのは一昨年、彼女を持った状態でこの日付が訪れたときのことだ。今でも正確に思い出せる。早朝、通学路で顔を合わせるなり結女がくれたチョコを、一日中、鞄に仕《し》舞《ま》ったまま過ごした中学の教室を。

チョコがもらえないと嘆くクラスメイトの男子たちに優越感を抱き、そんな自分がいることに少し驚き、家に帰ってから、父さんにバレないようにこっそりと食べて、空箱の処理に苦心した。

それから一年――完全なる虚無の一日が僕に完全な破局を知らしめ、そしてさらに一年――また今日、この日が訪れた。

どういうわけか、僕はまた、二年前と同じ女と付き合っている。

去年の僕にこれを教えたら、どんな顔をするだろうな。泣いて喜ぶだろうか。哀れそうに嘲《あざ》笑《わら》うだろうか。でも、この一年間を知る僕にとっては、訪れるべくして訪れた未来という気もする。

偶然ではなく、確固たる意志をもって決断した――そういう自負が、あるからかもな。

……まあ、チョコはまだもらえてないんだが。

二年前は通学路の待ち合わせ場所でもらったが、まさか父さんたちの前で本命チョコをやりとりするわけにもいかない。加えて、今日は生徒会の用があったらしく、結女は僕よりもずいぶん早く家を出てしまっていた。

結女の性格上、くれないということはないだろう。昼休み？　それとも放課後か？　チヨコをもらえるとわかった上で一日過ごすのも、それはそれで落ち着かないものだ。しかし、この程度で浮き足立ってはあまりにも情けない。いつ呼び出しがあっても冷静に応じられるように、心構えをしておかなければならなかった。

そして、放課後になった。

ついぞ結女からの呼び出しはなかった——家に帰ってから、父さんたちが帰ってこないうちにこっそり渡してくれるのだろうか。

そんなことを考えながら帰り支度をしていると、スマホに通知があった。

〈図書室の、いつもの場所に来てください〉

いさなからの連絡だった。なんだ、改まって——出会った頃、毎日入り浸っていた図書室の隅には、ここのところ顔を出してなかったのに。

まあ行ってみるか。どうせ結女は生徒会で、帰りの時間がズレる。

僕は自分の鞄《かばん》を持って教室を出ると、図書室へと向かった。

学年末テストが一ヶ月後に迫っているが、自習する生徒は基本、自習室に行くので、図書室はまだ人が疎《まば》らだった。閲覧スペースでハードカバーの本を読んでいる生徒の背後を通って、窓際のエリアに入っていく。

そこでいさなは、窓際空調に軽くお尻を引っ掛けて待っていた。

冬は日が短い。窓の外はすでに夕焼けの赤に染まっていて、いさなの姿もまた、燃えるような赤色と冷たい影の黒色に二分されていた。

「久しぶりだな、ここで会うのも」

いさなは「そうですね」と言って、窓際空調からお尻を離す。

そのとき、僕は気が付いた。セーターの袖を少し余らせた手の中に、ピンク色のリボンが付いた箱があることに。

「水斗君」

夕日の赤が、いさなの頰《ほお》を暖かく照らしていた。

「これ……受け取って、ください」

少し恥ずかしげに、どこか遠慮するように、差し出されたチョコの箱を見て、僕はどうしようもなく、あのときのことを思い出した。

いさなに告白された、あのときのことを――

「――何やってるんですか水斗君。早く撮ってくださいよ」

告白特有の厳粛な空気が急に霧散し、いさなはじろりとジト目になった。

僕は頭が空白になり、

「は？　……撮る？」

「資料ですよ、資料！　来年のバレンタインで使うんですから！」

あ、ああ……なんだ。そういうことか……。

雰囲気的に、昨日の今日ならぬ先月の今月でもしかして、と……。

「おやおや？」

……しまった。

安堵《あんど》が表情に滲《にじ》んでしまったんだろう。いさなが不意に意地の悪い笑みを浮かべて、僕の顔を覗《のぞ》き込んできた。

「いけませんねえ。この程度でドキッとしてちゃ。結女さんに報告しちゃいますよ？」

「やめてくれ……。誰でも少しは考えるだろ、あの雰囲気なら」

「大体、つい先月に彼女ができた人に告白するわけないじゃないですか。どれだけ図々《ずうずう》しい女なんですか、わたし」

「君の場合、考えが読めないんだよ。先月とはまるっきり考えが変わってるかもしれないだろ」

「誰がダブスタクソ女ですか」

「そこまでは言ってない」

やれやれ、といさなは溜め息をつく。

「じゃあもっかいやりますからね。今度はちゃんと撮ってくださいよ！」

「はいはい」

さっきの流れを最初からもう一度やって、僕は写真を撮った。ポーズや構図を変えてもう何パターンかやった後、ようやくチョコを渡される。

「ありがとう。ホワイトデーは何が欲しい？」

「そうですねえ。ではヌードモデ」

「コンビニのクッキーな」

「……まあそれでも嬉《うれ》しいですけどぉ」

いさなは不満そうに唇を尖《とが》らせる。どこまで本気で言っているのかわからん。実際のところ、美少女ばかり描いていても限界があるし、そろそろ男の描き方を学んでほしいところではあるが。それこそホワイトデーは――

「そうだ」

僕はすぐ側《そば》にあるラノベ棚に近付くと、そこから一冊見繕って抜き取った。

「ついでだ。来月のホワイトデーイラストの打ち合わせしてから帰るか」

「それです、それ！　わたし、もうエッチなのしか思いつかなくて……」

星辺遠導《とうどう》◆面倒な彼女の喜ばせ方

パスン――と、ボールが静かにネットを揺らす。
「……ふう」

ゴール下でボールが高く跳ねるのを、おれは息を整えながら見つめた。

少し……勘が、戻ってきたか。

コートに転がるボールに歩いていって、それを拾い上げる。

二月の屋外バスケットコートには寒風が吹き荒《ふすさ》び、おれ以外には一人の姿もない。だが、なまった身体《からだ》を鍛え直すにはちょうど良かった。温まった身体の中と、風に晒《さら》される肌とのギャップが、感覚を鋭敏にしてくれる気がする。

とはいえ、さすがに指先がかじかんできたな——あと二、三本で切り上げておくか？

「——っと」

ゴールから距離を取りながら腕時計を見ると、想像より時間が経《た》っていることに気付いた。視線を上向けると、もう日が落ちかけて、東の空が黒く染まっている。

やっべ。遅れる。

おれはコート脇に置いておいたバッグからタオルを出すと、冷えた汗を手早く拭った。急げばまだ間に合うか——いや、その前に。

おれは自分の格好を見下ろした。

すっかり汗を吸いきった、ラフなジャージ姿を。

「……このままじゃマズいか」

我ながら成長したもんだな。この判断ができるようになったんだから。

用意はしてある。おれはバッグを肩にかけて公衆トイレに駆け込み、Yシャツとチノパンに着替えた。その上にベストとコートを重ねると、トイレを出て自転車に跨《また》がる。

待ち合わせ場所は少し遠かったが、自転車ならすぐだった。京都は自転車で移動するのが一番早《はえ》えからな。

しかしそれでも、少しばかり遅きに失した。

「おそーい！」

制服の上にコートを着た愛沙が、すでに頬を膨らませていたのだ。

「こんな人の多いところで可愛《かわい》い彼女を待たせて！　ナンパされちゃうところでしたよ！」

「されたのか？」

「されそうだったという話です！」

ただの想像らしい。ま、ナンパなんてほとんど見たことねぇしな。

愛沙はおれが手で押している自転車を見て、呆《あき》れた顔をする。

「センパイ……彼女との待ち合わせに、自転車を押してくるのはどうかと」

「悪かったな。駐輪場に止めてくる時間がなかったんだよ」

「仕方ないですね。あたしと過ごす時間を優先してくれた、ということで許してあげます」

「ポジティブで結構なこった」

ここは二本のアーケード通りの間にある小さな広場で、他にも待ち合わせの人間が何人もいる。立ち話をしていると邪魔だろうから、おれたちは二人でバレンタインムードの商店街を歩き始めた。

「センパイ」

隣を歩きながら、愛沙は軽く腰を折り、にんまりと笑う。

「今日のコーデ、いい感じですね。落ち着いてて、大人な感じで」

「お前が好きだろうと思ってな」

「おお！　わかってますね～」

わからされたんだよ。誰かさんの徹底指導でな。

「……でも」

愛沙はじゃれるように肩を触れ合わせながら、

「あたしだけ制服だと……何だか、イケない感じがしますね？」

「……じゃあ帰るか。二月にもなって推薦を失いたくねぇし」

「わーっ、ちょっとちょっと！　……もう、相変わらず意地悪なんですから」

唇を尖らせる愛沙の肩を、軽くポンポンと叩《たた》いて宥《なだ》めてやる。あんま洒落《しゃれ》になんねぇんだぞ。おれはあと一月《ひとつき》半で大学生で、お前はまだ一年以上も女子高生なんだから。

身を寄せたちょうどそのとき、愛沙がスッと、バレンタインカラーの包みを差し出してきた。

「はい、センパイ。これ」

「おう」

何気なく差し出されたそれを、おれも何気なく受け取る。

こいつにチョコをもらうのは去年に続いて二度目だが、たった二度目とは思えない自然さだった。

愛沙は上目遣いで、おれの顔色を窺《うかが》うようにして、遠慮がちに口を開ける。

「センパイは……」

「ん？」

「センパイは……もう他に、チョコ、もらっちゃいましたか？」

「は？」

愛沙の顔に向き直り、どこか不安そうな表情を浮かべているのを見て、おれは軽く鼻で笑った。

「もらうわけねぇだろ。自由登校なんだから。人と会ったのすら、今日はお前が初めてだよ」

「そうですか……」

まだ不安の滲んだ顔をしている愛沙に、おれは問いかける。

「どうした？　何を心配してんだ、お前は」

「だってセンパイ、モテるじゃないですか。大学行ったらいっぱいもらえるんだろうな、ってそう思ったら……」

むむ、と愛沙はむくれてみせた。まだ一年も先のことに嫉妬するとは。可愛らしいを通り越して面倒な奴《やつ》だ。

おれは溜《た》め息《いき》を堪《こら》えて、いくつかの台詞《せりふ》を検討した。

そうだな……。ま、これでいいか。

「……もしバレンタインが大学のある日だったら、たぶん、昼間のうちにいくつかもらうんだろうな」

「はいはい。モテる男は違いますね！」

「つまり、お前にもらうのが最後ってことになるだろ」

えっ、と口を開けた愛沙に、おれは笑いながら言う。

「頑張って上書きしてくれや。あざといのは得意技だろ？」

効果は覿面《てきめん》だった。

愛沙はパッと顔を輝かせて、勢いよくおれの肩に抱きついてきた。

「はいっ！　じゃあ早速来年に向けて、これからデート――」

「帰れアホ。夜に制服ＪＫ連れ歩けるか」

「けち！」

川波小暮《こぐれ》◆選択式バレンタイン

家に帰ると、幼馴染《おさななじみ》が制服エプロン姿でチョコを作っていた。

「おっ、お帰りー」

溶かしたチョコをボウルでゆっくり搔《か》き混ぜながら、南は振り返る。ポニーテールの先と、エプロンの裾と、プリーツスカートの裾が一緒に揺れた。

オレは鞄《かばん》をリビングのソファーに放りながら、

「何してんの、お前？」

「チョコ作ってんの。バレンタインだから」

「そういうのって前日に作るもんなんじゃねーの？　もう学校終わったぞ」

「いいの。これはあんた用だから」

言いながら、南はボウルの中のチョコを指に掬《すく》って、口に咥《くわ》える。

臆面もなく言ってくれるぜ……。まあこの時間に作って贈るのが間に合うのはオレくらいだろうけどよ。

「いやー、本当は結女ちゃんたちと一緒に作ったんだけどさー。うっかりあんたにあげる分まで食べちゃった！」

「新しく作るにしても自分の家でやればいいだろーが」

「今日は元々こっちでご飯食べる予定だったし、こっちの台所使ったほうが片付けが楽じゃん」

オレはリビングのソファーに腰掛けて、台所に立った南の後ろ姿を眺めた。

手作りチョコなんて言ったって、市販のチョコを冷やして固めただけだろ——なんて男はよく言うが、その溶かして固めるだけのことに、そこらの料理よりよっぽど面倒な手間がかかっているもんだ。それでも市販のチョコで済ませないのは、ひとえにその面倒な手間に何かを込めたいからで……。

画面酔いのような吐き気が込み上げて、オレは天井を仰いで堪える。

ちくしょう、自意識過剰になったもんだぜ。中学生になったばっかの、何も知らないガキだった頃が恋しくなる。

「んしょー、っと」

そうしているうちに、南がエプロン姿のまま隣に座ってきた。

オレは天井から横に視線を移し、

「できたのか？」

「あとは固まるのを待つだけー」

手際のいいこった……。そういえば、こいつに手作りチョコをもらうようになってから、ずいぶん経《た》つよな……。

南はソファーの座面に手をつきながら、オレの顔を覗《のぞ》き込む。

「暇だし、ゲームでもする？」

「ああ……まあ、いいんじゃねーの」

「それともイチャイチャする？」

「うぐっ」

鎮まりかけていた吐き気が急速に復活し、南は意地悪くにやっと笑った。

オレは深く溜め息をついて気を落ち着かせる。

「……お前な。やめろよ、そういうの……」

「たまには暴露療法も試していかないとね」

「いや、そうじゃなくて……チョコ食える体調じゃなくなっちまうだろーが」

途端、南は大きな目を丸く見開いた。

それから、すうっと細めて、値踏みするような視線を送ってくる。

「へー……ふーん……？」

「なんだよ」

「意外と大事に思ってくれる感じかー、って思って」

「べつにフツーだろ。あんな手間暇かかってんの考えたらよ」

「そーゆーとこ、好きだよ？」

「ぐぐっ⁉　だからなあ……！」

これ以上側《そば》にいたら本格的に吐く！

オレは立ち上がり、自分の部屋に逃げ込もうとしたが、

「あっ、こら！　逃げるな！」

その寸前に、南に強く腕を引っ張られた。

「っと、おっ……⁉」

ぐらりと重心が崩れる。

オレは身を捻《ひね》り、身体《からだ》を支えようとしたが、そこには南の小柄な身体があった。

「ひゃっ――」

幼げな顔が目の前に迫った。

と思ったときには、オレはソファーの座面に腕を突っ張っていた。

明るい色のポニーテールが、オレの手首に絡みついている。

オレの影に覆われた南は、しばらくの間、じっとオレの顔を見つめていた。

それから、薄い唇で、色っぽい弧を描く。

「チョコの前に、食べちゃう？」

息が詰まった。

「いいよ？　……身体から、思い出していこっか？」

細い指が、首元のリボンをしゅるりと解《ほど》く。第一ボタンが外れたブラウスの襟元から、白い首元が垣間見《かいまみ》えた。鎖骨と鎖骨の間にある窪《くぼ》みが小さな影を作っていて、オレはどうしてか、その部分に目が吸い寄せられた。

詰めていた息が喉を通り、ごくりと、音を鳴らす。

そのときだった。

「──あはは！」

不意に南が噴き出して、オレの身体の下でお腹《なか》を抱えた。

「じょーだんだって！　顔マジになりすぎっ！」

「……なっ、……おまっ……！」

けらけらとせせら笑う女に、オレは頰《ほお》をひくつかせる。この女ァ……！

南は赤ん坊のように丸まりながら、なおもくすくすと笑いつつ、

「欲求不満なんじゃないの？　自撮りでも送ってあげよっか」

「……その幼児体型で何言ってんだボケ」

「あんなに鼻の穴広げといて説得力ないよ？　ロリコン」

「ぐうう……」

二の句が継げない。今回ばかりは、反論のしようがなかった。

「ふふっ。今日はこの辺にしといてやるか！」

ソファーからするりと抜け出すと、南はてけてけと小走りにキッチンへと向かう。そこで冷蔵庫を開けると、中から取り出したものを銀色のトレイに載せて持ってきた。

「はいどうもー。こちら義理チョコとなっておりまーす」

テーブル上に置かれた、一口サイズのプリン型のチョコを見下ろし、オレは怪訝《けげん》に思う。

「固まんの早くね？」

「だから、こっちは義理だって言ってるでしょ？」

エプロンを脱いでソファーの背にかけると、南は不意にオレの耳元に口を寄せてくる。

「（本命はキッチンに置いてあるから、固まったら食べて？）」

慌てて耳を押さえながら距離を取ると、南はにまにまと機嫌良く笑った。

「義理チョコがいい？　本命がいい？　それとも〜……♪」

緩くなったままのブラウスの襟元に、南は指を引っかける。

もうその手に乗るか。

オレはトレイに並んだチョコの一つを引っ掴《つか》み、高らかに宣言した。

「義理！」

羽場丈児《じょうじ》◆ただの女の子

いつしか、生徒会室には俺と紅さんしかいなくなっていた。

亜霜先輩は星辺先輩と予定があると言うことで早引け。伊理戸さんは自分の仕事をそつなく終わらせて帰り、明日葉院《あすはいん》さんだけは遅くまで残っていたが、あとはぼくたちがやる、と紅さんに言われると、五分ほど前に帰っていった。

最終下校時刻が、目の前に迫っている。

二月ともなると、この時間には外は真っ暗だ。窓は墨を塗ったように黒く染まり、人工の灯《あか》りによって照らされた生徒会室だけが、浮き彫りになったように白い。

昼間はあれだけ賑《にぎ》やかだった校舎がしんと静まり返ると、まるで取り残されたような気分になる。しかもその空間に、紅さんだけが一緒にいるんだから、これはできすぎというものだ。

そう――できすぎている。

俺は、自分を察しの悪い人間だとは思わない。むしろ過剰に察してしまうからこそ、こんな厄介な立場に置かれているのだと言える。

『最終下校時刻になりました。校内に残っている生徒は――』

放送部のアナウンスが始まっても、紅さんはとっくに支度を整えている鞄を、手に取ろうとはしなかった。

当然のこと——だって俺は、まだもらっていないのだから。

紅さんは、自分で宣言したことを違《たが》えるような人じゃない。

「ジョー」

放送が終わって、再び静けさが戻ってくると、紅さんは静かに、ぼうっと立っている俺の目の前にやってきた。

俺は思わず身構える。

さあ、どう来る。

この前、あんなにも挑戦的に宣言したんだ。何をしようとしてきたって驚かない。いきなり服を脱ぎ出して、『ぼく自身がバレンタインチョコだ』と言い出したとしても、むしろいつも通りの紅さんだと納得するくらいだ。

だったらきっと、俺程度では思いもつかないような渡し方を考えて——

「これ」

すっ、と。

何の演出もなく、大した台詞《せりふ》もなく、胸の前に差し出されてきたハート型の箱に、俺は逆に当惑した。

「……、えっ？」

「何を驚いているんだい？　バレンタインのチョコだよ。あげるって言っただろう？」

俺は戸惑うままに、赤色のラッピングがされたチョコを受け取る。

「あ、ありがとうございます……」

あまりにも拍子抜けだった。もしかすると、この前のことを反省して、ついに安易な色仕掛けに訴えるのをやめてくれたのかもしれない。だとすると喜ばしい限りだけど、『きちんと口説く』っていう宣言はなんだったんだろう？　あるいは、この箱を開けると何か仕掛けがあるとか……。

だとしたら、ここで開けるのはマズいか。

「じゃあ……そろそろ帰りましょうか。校門が閉まります……」

俺はチョコを鞄《かばん》の中に仕舞うと、扉のほうに身体を向けた。

予想とは違ったけど、いつもみたいに強引に迫られるよりはよっぽどいい。こんな風に健全にバレンタインをやってくれるのなら、俺から特に文句を言うことはない。

紅さんも、大人になってくれたのだ。……決して、落胆なんてしていない。

「――待って」

ドアに手をかけようとしたとき、腕を強く摑まれた。

その手に――紅さんの手に――強張《こわば》ったような力がこもっているのを感じて、俺はどうしてだろう、痺《しび》れるような衝撃を受けた。

ゆっくりと――あるいは、恐る恐る――振り返る。

そこには、緊張で肩を震わせる、一人の女の子の姿があった。

天才なんて言葉とは程遠い――完璧なんて在り方とは程遠い――ただの、女の子の姿があった。

「……はは。ごめんよ。こんなの今更なのに――いざとなると、どうしてこうも、不安になってしまうのかな」

俺は知っている。

無駄な察しの良さが、記憶との共通点を提示する。

神戸旅行での――亜霜さん。

星辺先輩に大事なことを伝えようとしていた、あのときと――今の紅さんは、とても良く似ていた。

「バレンタインとは、本来そういう日だ。だから、付け焼き刃の小細工も、不格好な策略も、捨てることにした」

強張った手は、俺を捕まえる以上に、自分自身を捕まえるためのもののような気がした。

一つ、深く息を吸い。

紅さんは、決然とした輝きを瞳に込めて、俺を見つめる。

「好きです。付き合ってください」

本当に。

何の小細工もない——何の策略もない——何の修飾もない。

シンプルなシンプルな、それは愛の告白だった。

紅さんに、そういうつもりがあるらしいことは、とっくの昔に知っていた。

でなければ、無人の教室に連れ込んだりはしないし、下着姿で押し倒したりはしないし、バニーガール姿で逢引《あいびき》したりもしない——何の感情もない相手にそういうことをする人でないことは、誰よりも俺がわかっている。

だけれど、今までは、それを心の芯から信じることができなかった。

ただ、物珍しく思われているだけ——

ただ、遊び道具にされているだけ——

そういう人ではないと、わかっているはずなのに、どうしてもそんな感覚が拭えなかった。

だって、紅さんほどの人の考えを、俺ごときが理解できるはずないのだから。

でも。

でも、この告白は——誰にとっても明白で。

小学校の教科書よりもわかりやすくて。

だから、俺はたぶん、ようやく、初めて、理解したのだ。

紅鈴理は本気だと。

目の前の女の子は——本当に、本気で、俺なんかに、恋をしているんだと。

「…………………」

心が、乱れる。

情欲なんかじゃない。そんなわかりやすいものじゃない。

心臓がどんなに乱れても動じなかった、魂の奥底で静かにたゆたう俺を俺たらしめる何かが、大時化《おおしけ》の海みたいに激しく乱れ狂っていた。

それには形なんかなくて。ルールなんかなくて。名前なんかなくて。

何が、自分は察しがいい、だ。

俺は何も知らなかっただけだ。慣れ始めの人間が万能感に包まれるように、何も知らないからこそすべてを知っているような気分になっていただけだ。

他人のことならあんなにも簡単にわかるのに。

自分のこととなると、何も、てんで、わからない。

「——まだ一ヶ月もある」

頭が真っ白になって、何も言えずにいる俺に、紅さんは言った。

「ホワイトデーまで、ゆっくり返事を考えてくれたらいいさ。ただ——」

きっと、できれば他人には見せたくないはずの、真っ赤な顔のまま。
それでも紅さんは、俺の目から逃げずに告げるのだ。
「――ぼくは、勇気を出したよ。それだけは、わかっておいてくれ」
そして、パッと俺の腕を放すと、鞄を肩にかけて足早に生徒会室を出ていった。
俺は白々しい電灯が照らす部屋に残されて、迷子になった子供のように立ち尽くす。
俺は――存在感のない人間で。
主役になれる人たちの、背景でいたくて。
紅さんみたいな、主役の中の主役の隣になんて、立っていい人間じゃなくて。
――好きです。付き合ってください
でも……さっきの、紅さんは。
「…………………」
あと、一ヶ月。
あと、たった、一ヶ月。

伊理戸水斗◆本命

「はい、これ。水斗くん」

夕食が終わった後に、それはあっさりと渡された。

透明なビニールの袋に入った、四個ほどの小振りなチョコクッキー——それが本命ではないことは、一見するまでもなくわかった。なぜなら数秒前、父さんにも同じものを渡していたからだ。

義理チョコどころか、家族チョコ。

カテゴリー的には母親からのチョコと変わらない、おそらく日本のバレンタインにおいて最もティアーの低いそれが、一日待った挙句に彼女から差し出されたチョコだった。

「あ……ああ、ありがとう……」

一瞬の空白の後、僕はどうにかお礼を言って、それを受け取った。

「どうした？　水斗。初めての女の子からのチョコに感動してるのか？」

「そういえば、水斗くんはずっと男所帯だったんだものねえ」

「いや、でも、そうだ。今年は東頭さんからももらったんじゃないのかい？」

両親の微笑《ほほえ》ましげないじりをどうにかいなしつつ、僕は想像外のショックに打ちひしがれていた。

もしかして、これだけ……？

いやいやいや、そんなはずはない。九ヶ月もの紆余《うよ》曲折《きよくせつ》を経てようやくよりを戻して、初めてのバレンタインだぞ？　こんな父さんとひとまとめにされたチョコだけで終わるはずが……。

しかし、僕の予想——あるいは願望——に反して、風呂に入っても、夜が更けても、結女から本命チョコがもらえる気配はなかった。

「私、そろそろ寝るね」

日付が変わりそうな頃になって——すなわち、バレンタインの終わりが近付いて——ついに結女がそう口にして、自分の部屋に引っ込もうとした。

僕は内心少し慌てて、だけど平静を装いながら、「じゃあ、僕も」と立ち上がる。

結女の背中を追いかけるようにして階段を上がると、廊下で結女が振り返り、

「おやすみ」

と言った。

本当に……これで終わりなのか？

お互い、部屋に入ってしまったら……今年のバレンタインは、もう終わってしまうんだぞ？

だけど、自分から本命チョコを催促するなんて情けない真似《まね》は、僕にはできそうにもなかった。

「……ああ、おやすみ」

そう応えるのが精一杯で、自分の部屋に入っていく結女の背中を、未練がましく見送る

ことしかできなかった。

……こんなもんなんだろうか。

僕は付き合っていた頃のバレンタインを美化していたのかもしれない。あの頃はお互い初めての交際で、了見の狭い中学生で、どんな些細《ささい》なことでも大袈裟《おおげさ》に捉えていた。でも、あれから二年が経《た》ち、一〇ヶ月半にも亘《わた》る同居を経験して、もはや僕たちはその辺の同棲《どうせい》カップルさえ凌《しの》ぐような爛熟《らんじゅく》した関係にある。

だったら、バレンタイン程度、こんなもんなんだろうか。

……何だか、腹が立つな。僕が結女よりも遅れてるみたいで。

釈然としない気持ちを抱えながら、僕は自室のドアを潜《くぐ》る。

と。

勉強机の上に――見覚えのない小袋が置かれていることに、気が付いた。

「…………あ」

僕は考えるよりも早く、机へと歩み寄る。

可愛《かわい》らしいリボンで口を縛られたその袋には、『Happy Valentine』とホワイトチョコの文字が記された、大きなハート形のチョコが入っていた。

そのとき――背後に気配がした。

開けっ放しのドアに現れた何者かが、ぼそりと一言、ともすれば聞き逃してしまうような大きさと速さで、宣言する。

「――本命」

そして、僕が振り返ったときには、何者かはバタンとドアを閉じ、自分の部屋に逃げ去った後だった。

「……………やられた」

呟《つぶや》きながら、僕は思わず、口元を緩ませる。

この僕を手玉に取るとは――この二年で本当に、成長してくれたものだ。

僕は椅子を引いて腰掛けると、袋を縛るリボンを大切に解き、味以上に甘く感じるチョコを頰張《ほおば》った。

翌朝。

リビングで顔を合わせた結女に、僕は堂々と言った。

「チョコありがとう。美味《おい》しかった」

リビングには、父さんも、由仁《ゆに》さんもいる。

だけど、僕は誰に憚《はばか》ることもなく、そう告げることができた――僕が結女からチョコをもらっていること、それ自体は、周知の事実なのだから。

本命か、義理か、そこにだけ、認識の齟齬《そご》があるだけで。

結女はどこか小気味良さげに微笑で、言う。

「どういたしまして。お返し楽しみにしておくね？」

「まあ、ほどほどに考えとくよ」

父さんも、由仁さんも、不審に思った様子はない。

それを確認して、僕と結女は密《ひそ》やかに視線を交わし、くすくすと笑い合ったのだった。

手に入れたもの、輝かしい幻覚

羽場《はば》丈児《じようじ》◆夕暮れ時に見つかった

他の人は、自分の何かを素晴らしいと思ったことが、一度でもあるのだろうか。

俺は、ある。たった一つだけ。

——部活行こー！

——うん！　……あ、でも日直やんなきゃ——あれ？

黒板消しも、ゴミ出しも、余計なことは俺がとっくに終わらせていた。

誰がやったか、俺以外には誰も気付かない。誰もが首を傾《かし》げながら、自分が本来やるべきことをしに、本来行くべき場所へ行く。

こんな体質にも、使いようはあるのだ。

俺は誰をどんな風に支えても、決して誰の目にも止まらない。どんな人間のどんな人生にも登場人物として勘定されない。気付かれず、自然現象のように、舞台袖の黒子に徹することができる。

たった一つ——自分を素晴らしいと思う、それが唯一の部分だった。

俺には能力がない。

運動神経もない。勉強もさほどできない。芸術的センスも皆無だ。

ただ一つ、そのことを誰にも憐《あわ》れまれず、誰にも心配させないことだけが、俺に与えられた資質だった。

ならば、決まったようなものだろう、俺の生き方なんて。

余計なことは、全部俺にくれ。

能力を持った人間は、相応の仕事に時間を使うべきなのだ。余計な仕事は俺のような無能に任せて、君たちは君たちにしかできないことをやるべきだ。

何もできない俺は、誰でもできることを消化する。

そうすることだけが、俺にとっての誇りだった——

——羽場くん
夕暮れに。

ゴミ袋を運んでいた俺を、見失わずに呼び止めた。

彼女が現れるまでは。

——羽場丈児くん。キミにしか、できないことがあるんだ

伊理戸水斗《いりどみずと》◆慰め合って支え合って

時計の音に混じって、静かなペンの音が走っていた。

そこに時折、ぺらりと紙が擦《こす》れる音。これは僕が教科書のページをめくった音だった。

「二人ともー、わたしもそろそろ寝るからー」

由仁《ゆに》さんが廊下に続く戸に向かいながら言った。

「あまり根詰めすぎないようにねー。頑張って！」

「うん。おやすみー」

「おやすみなさい」

僕たちの返事に肯《うなず》くと、由仁さんはリビングを出た。寝室のある二階へと足音が去っていく。

僕はそれから、教科書から顔を上げた。

炬燵《こたつ》に教科書とノートを開いて、黙々と勉強をしている結女《ゆめ》がいる。

この光景を眺めるのも、もう珍しいことではなくなった。

一学期の頃こそ意地を張り合って、互いの部屋にこもっていた僕たちだったが、今回の学年末テストに至っては、自然と最初から協力して勉強する形になっていた。僕たちは得ってからは、いい補完関係となっていた。

意科目が綺麗《きれい》に分かれている。昔は敵愾心《てきがいしん》の要因となっていたそれも、協力するようにな
しかし――

「……ふあ」

結女が小さく口を開けて、欠伸《あくび》をする。それから目元をくしくしと擦った。

僕はそれを見て、

「本当に根を詰めすぎないほうがいいぞ。勉強以外も忙しいんだろう？」

「うん……。まあね」

この時期の生徒会は繁忙期らしい。来年度の予算委員会や、卒業式、入学式の準備など、普通の生徒が存在すら認識していないイベントが目白押しなのだ。その上に一年で一番難しい学年末テストが重なるんだから、スケジュールを間違っているとしか思えない。もしバレンタインが三月だったら、結女はチョコを作る余裕すらなかっただろう。

「テスト勉強も遅れてるってわけじゃないし、たまには気を抜けよ」

「……んん～……」

「ただでさえ君は無理しがちなんだ。安心しろ、他には誰も見てない」

「…………はあああ～～～…………」

シャーペンをぴたりと止めると、結女はノートの上に突っ伏して、大きな大きな溜《た》め息《いき》

をついた。

「……こんなに忙《せわ》しない三学期初めて……」

「普通は何も行事のない期間だからな」

　それこそ、バレンタインやホワイトデーくらいだろう——ウイニングランのような、消化試合のような、そんな印象の学期だ。生徒会役員以外には。

　結女はぐでーっと両手を炬燵の上に伸ばす。

「どこも彼処《かしこ》もレシートの管理が雑で、全然予算組みが進まないし……」

「大変だな」

「予算を使い切らないといけないからって、部活に関係ないもの買いまくってるし……」

「由々《ゆゆ》しき事態だな」

「教頭先生が急に思いつきで『おくる会』の企画増やそうとするし……」

「中間管理職の悲哀だな」

　次々飛び出してくる愚痴に、僕は適当な相槌《あいづち》を打っていく。淡白なのではなく、部外者の僕にはそのくらいしかできないのだ。

　結女は伸ばした両手をばたばたさせながら、

「疲れたあ～～……。慰めてえ～～……」

「はいはい」

僕は手を伸ばし、結女の長い髪を掻《か》き分けて、耳の辺りを軽く撫《な》でた。大型犬でもあやしているようだが、お気に召したようで、結女は心地よさそうに僕の手のひらに頬を擦りつけた。

「これで頑張れそうか？」

「んん〜……もうちょっと」

甘え切った声に僕は微笑《ほほえ》み、耳たぶの裏を指で撫でる。結女はくすぐったそうに唇を緩めながら、柔らかい眼差《まなざ》しで僕を見つめた。

「ありがと」

耳にかかっていた髪が一房、頬に零《こぼ》れる。

「このくらいでいいなら安いもんだな」

「じゃあ、ホワイトデーに高いの期待しとくね？」

「圧をかけるなよ……」

今まさに悩んでる最中なんだから。

結女はくすくすと小さく肩を揺らし、

「そっちは大丈夫？」

「ん？」

「東頭《ひがしら》さんの勉強も見てるんでしょ」

二学期に引き続き、僕はまたしてもいさなの家庭教師を仰せつかった。

まあ、凪虎《なとら》さんに依頼されずとも、僕もマネージャーとしてあいつを落第させるわけにはいかない。主にリモートで、さっぱり授業を聞いていないらしいあいつの三学期を取り戻させている真っ最中だった。

「大変じゃない？　自分の勉強もしないといけないのに」

「僕の勉強は大して時間がかからないからいいんだよ。いさなのほうは恐ろしいほど手間がかかるけど」

すぐにやる気をなくすし、何度も言わないとわからないし、ひどいもんだ。あいつは典型的な、興味のあることでしか能力を発揮できないタイプだ。

結女は不意に手を伸ばしてきたかと思うと、僕の頬《ほお》に手のひらを添える。

「よしよし」

「慰めてくれるのか？」

「何なら膝枕もしてあげる」

「……寝るぞ。そんなことしたら」

「あ、そっか」

翌朝、炬燵で膝枕をしながら寝ている姿を父さんたちに見られたら一巻の終わりだ。

「じゃあ、それも……ホワイトデーね」

「卒業式も、その日だったっけか」

「うん。まだ入学式があるけど、ひと段落」

「なら……楽しみにしておかないとな」

「うん」

僕が頬に添えられた手を摑《つか》むと、結女は僕の手を握り返してくる。

やがて、どちらからともなく、炬燵の上で互いの指が絡み合った。

「……ねえ」

「なんだ？」

「ちょっとだけ……くっついても、い？」

僕は一拍置いて、

「仕方ないな」

「えへ。やった」

僕が少し横にズレてスペースを空けると、結女はそこに移動してきて、炬燵の中に足を入れる。

そして、もたれかかるように肩をくっつけてきた。

僕はそれを支えるようにして、細い腰に腕を回す。

「ん……」

言うまでもなく、今日の勉強はもうおしまいだった。

星辺遠導《ほしべとうどう》◆後輩通い妻

「せんぱーい！　生きてますかー？」

ガチャリと急に自室のドアが開いて、おれはベッドの上で跳ね上がった。ほとんど無意識の動作で、いじっていたスマホの画面をシーツに伏せる。

ドアを開けたのは、私服にコートを着た恋人——亜霜愛沙《あそうあいさ》だった。

今日も今日とてあざとい笑顔を見ながら、おれは言う。

「お前……鍵は？」

「お義母様《かあ》に合鍵をいただいておりますので」

ちゃり、と愛沙は得意げに鍵を見せびらかした。お袋に気に入られてるなとは思ってたが……同級生には嫌われてるくせに、こういうところでは要領のいい奴《やつ》だ。

はあ、とおれが溜め息をつくと、愛沙はすっと目を細める。

「センパイ……」

じろりとした視線は、シーツに伏せたスマホに向かっていた。

「もしかして……エッチなやつ見てました？」

容疑者を尋問する警察官の目つきで言う恋人を、おれもまた職務質問の目で見つめ返す。

「もしかして……彼氏のＡＶ捨てるタイプか？」

「はい」

即答だった。

こうも堂々と宣言されると逆に清々《すがすが》しい。

愛沙は一歩二歩と詰め寄ってくると、腰に手を当てておれを見下ろしてくる。

「だって、必要ないでしょう？　こんなに可愛《かわい》い彼女がいたら！」

「すべての男子を代表して反論するが、生身の人間とコンテンツは別物なんだよ」

「毎日自撮り送ってあげてるのに！」

ぷうっとわざとらしく頬を膨らませる愛沙を、おれは肩を竦《すく》めていなした。

どうしてわからんのかね。恋人をＡＶ女優や裏垢《うらあか》女子と同じように見れるわけねぇだろ。

「まあ、センパイの性欲はあとで枯らしてあげるとして」

「怖いこと言うなよ」

「今は食欲ですね。お義母様にお昼ご飯作るよう頼まれたんです」

ガサ、と愛沙はビニール袋を軽く持ち上げてみせた。食材が入っているらしい。

「頼まれたって、どうやってだ？」

「ＬＩＮＥでですけど」

「LINEするんじゃねぇよ。人の母親と」

居心地が悪いったらねえ。お袋も『あんた、愛沙ちゃんみたいないい子、絶対に逃がしちゃダメよ』とかうるせぇし。

付き合い始めてからというもの、愛沙はこうやって通い妻めいたことを我が物顔でやり始めていた。お袋と仲良くなってるのもそのせいだ。見た目に反して家庭的なのは結構なんだが、こいつがやるとそれすらあざとく感じるんだよな。

「メシ作ってくれんのはありがてぇけど、お前……テス勉は？」

「……なんのことでしょう」

愛沙はしらっと顔を逸《そ》らす。

こいつ……学年末テストが間近に迫ってるってのに、現実逃避しに来たな？

「仕方ねぇなぁ……。あとで見てやるよ」

「へへへ。ご面倒おかけしやす。生徒会の名に恥じないよう頑張りやす」


――で、結局こうなるわけだ。

「……んんっ……んふー……」

満足そうな寝息を耳元に聞きながら、カーテンを閉めた窓を見やる。外は夕方を通り越して、夜に差し掛かろうとしていた。

次に、おれの肩を枕のようにして眠る、全裸の恋人を見る。力尽きたというより、元々疲れ気味だったんだろう。この時期の生徒会はいろいろあって忙しいからな。とすると、尚更《なおさら》こんなことしてる場合かよ、と言いたくなるが——

「……ハマっちまったなぁ。お互いに……」

指先で愛沙の前髪を撫でながら呟《つぶや》く。おれに小言を言う資格はねぇってわけだ——テスト勉強の内容が抜けていないことを祈るばかりだな。

おれは愛沙の頭をあやすように撫でながら、再びスマホをいじり始めた。

そうしていると、首元をくすぐる寝息に、ふと言葉が混じる。

「……しぇんぱい……んん、ずっといっしょ……」

……寝言まであざとい奴だ。

苦笑を噛《か》み殺しながら、おれは愛沙の髪に唇をつけて、小さく答えた。

「……わかってるよ」

だからこうして、ホワイトデーのプレゼントを考えてるんじゃねぇか。

川波小暮《かわなみこぐれ》◆与えられるだけではなく

たまにはオレも、自分の人生を省みることがある。

きっと多くの人間がそうであるように、オレの人生の黄金期は小学生時代だった。友達に囲まれ、まるで自分が世界の主役かのような気分で、毎日を過ごしていた。

あのときのオレと、今のオレの違いはなんだろう――

万能感があった。充実感があった。何をやっても失敗するはずがないという確信があった。

あるいは、挫折を知らなかっただけとも言えるかもしれない。それはそうだ。たかがガキ大将、井《い》の中《なか》の蛙《かわず》は大海を知らない。それでもオレは――今のオレに比べれば、当時のオレのほうが幾分かマシだったと感じるのだ。

何もできないと悟る自分より――

何でもできると驕《おご》る自分のほうが、マシだったと思えるのだ。

こうなったのはいつからだろう？　ああ、きっとあのときだ。

口開けて待っているだけで彼女ができると勘違いした、あのときなのだ。

――……す、す……好き……なんだけど……

憎からず思っていた幼馴染《おさななじみ》が、何もしないでも告白してきたあのときに、きっとオレは腑抜《ふぬ》けてしまった。

与えられることに――慣れてしまった。

ホワイトデーよりバレンタインが先なのは一種の男女差別じゃなかろうか、なんて社会的な考えが脳裏を過《よ》ぎる。例えば、オレとあいつの性別が逆だったらどうだろう。女のオレはきっと、二月十四日が迫るたびにどんなチョコを贈るかと悩むことになる。しかし現実には、待っているだけでチョコが与えられ、それを基準にお返しを考えるだけなのだ。

あいつと付き合い始めてから今まで、オレはずっと受け身で生きてきたような気がする。

それにはあいつの性癖も少なからず関わっている気はするものの、やっぱり本質的にはオレ自身の傲慢であり、怠惰なんだろう。

この体質の治療だって、行動しているのはあいつばかりで、ただの一度だって、オレから動いたことはない――せめて自由に好きだと言えるようになりたいと、そういうあいつの願いに、オレは応える責任があるはずなのに。

「たまには……男を見せるべきだよな……」

ぺこっ、と額をノートで叩《たた》かれた。

「こーら。サボるな！」

ソファーの肘置きに乗せていた頭を上向けると、南《みなみ》が眉を吊《つ》り上げてオレを覗《のぞ》き込んでいた。もこっとしたニットの部屋着姿で、こいつにしては文明的な格好だ。

「サボってねーよ。自分の人生ってヤツを省みてたんだよ」

「その前にテスト範囲を省みろ。せっかく勉強付き合ってあげてるんだから！　今回は伊理戸くんに頼れないんでしょ⁉」

言いながら、南は淹《い》れ直したコーヒーをテーブルに置く。

そうなのだ。前回もそうだったが、学年二位の我が友人は、東頭の奴を落第させないようにするのにかかりっきりで、泣きつくことができないのだ。

こちとらホワイトデーをどうするかも考えなきゃいけねーのに——もう少し配慮してほしいもんだぜ。バレンタインに本命チョコをもらった男に。

「はいはい。続きやるよっ！」

テーブルの側《そば》に女の子座りをすると、南は隣に来いとばかりにカーペットをバンバンと叩いた。

「今回はあたしだってギリギリなんだから！　ちゃんとやってよね！」

「ああ、悪《わ》りーな」

オレは起き上がるとソファーを降り、南の隣に胡坐《あぐら》をかいた。

すると南が不審そうに眉をひそめる。

「……何？　急に素直になっちゃってさ」

「気合い入れ直しただけだっつの」

何をどうするにしても、目の前のテストからだ。

与えられるばかりの生き方が嫌だって言うんなら——この程度は、自分の力で何とかできねーと。

シャーペンを手に取りながら、ついでとばかりに行動する。

「ちなみに、訊《き》いておきてーんだけど」

「んー？」

「お前って、オレに何されたら喜ぶ？」

南はきょとんとして、オレの顔を見つめた。

「もしかして、なんかエロいこと言わせようとしてる？」

「してねーよ！　エロいのはてめーだ！」

訊いたオレがアホだった。

羽場丈児◆黒子の容量

——まあ座れよ会計。これからおれたちが生徒会だ
それは半ば拉致だった。

誰に認識されることもない、透明な黒子を志向していた俺は、気付けば生徒会なんて場所に連れ込まれ、会計なんて肩書きを与えられることになってしまった。

それをしたのは、一年生にして副会長に抜擢《ばってき》された同級生だ。

——どういうつもりなのかって？

紅《くれない》さんはけろりと答えてみせたものだ。

——ぼくに言わせれば、キミのほうこそどういうつもりなのかと訊きたいね。歴戦の秘書めいたその洞察力と実務能力を持っていながら、どうしてその他大勢でいようとするのか。こんな掘り出し物が目の前に転がっていたら、一も二もなく確保するのは道理だとは思わないかい？

紅鈴理《すずり》という人間は、どうしようもない人たらしだ。

その能力で、美しさで、耳目を集めながら、こんな俺でさえありもしない長所を褒めてくれる。掘り出し物だなんて——まったく、目立っていないだけの存在を、よく言ったものだった。

そうして入った生徒会は……思ったよりも、悪くはなかった。

——ジョー君、すごぉーい！　もう終わったのー？　さすがぁー！　それに比べて愛沙、仕事が遅くってぇ……

——おい亜霜愛沙！　ジョーに仕事を押しつけるな！

——ふふっ。したたかな後輩で心強いわね、会長

——どういう目ぇしてんだお前は。あれは図々《ずうずう》しいっつーんだよ

亜霜さんと紅さんが反目し合い、庶務の先輩が穏やかな目でそれを見守り、星辺会長が暇そうに欠伸《あくび》をする。そういう空間に自分もいられることに、居心地の良さを覚えなかっ

たと言えば……それは嘘《うそ》になる。

生徒会なんて、俺には過ぎた肩書きだけれど。

この人たちの側にいられることは——たぶん、楽しいことだった。

それだけで充分だった。

それだけでも、充分すぎるほどだったんだ。

——どうしたんだい、ジョー？

——逃げることはないじゃないか。女の子がこうして、サービスしてあげてるのにさ
——おいおい。贅沢《ぜいたく》な奴《やつ》だな。こんな美少女が処女をくれてやるって言っているのに、無下にするのかい？

俺には荷が重いんです、紅さん。

透明で、薄っぺらなまま生きてきた俺には。

人の想《おも》いを受け止めるなんてこと——重すぎるんです。

伊理戸水斗◆お疲れ

「——よし。ＯＫ」

「はあ～～～っ………」

僕のＯＫが出た瞬間、いさなはぐったりと机の上に突っ伏した。

「間に合ったぁ……。今回ばかりは無理だと思いましたぁ……」

「お疲れ。アップロードはこっちでやっとくよ」

「お願いしまふ〜……」

いさなのプロデュースの一環として、季節ごとのイベントに絡めたイラストは必ずアップすることにしている。もちろんホワイトデーもそれに含まれるが、いさなはこれに初めての苦戦を強いられた。本当に何も思いつかなかったようなのだ。

言われてみれば、いさなの主なイメージソースであるライトノベルでは、ホワイトデーくらいの時期になると大体物語が佳境で、それどころじゃなかったりすることも多い――ラブコメなら複数のヒロインから一人を選ぶのがホワイトデー、というイメージだ。そっちの印象が先に立ち、単なるホワイトデーの引き出しが少なかったんだろう。

そもそも、基本的に男が主体のイベントだしな。

男キャラを描かせることも考えたんだが、最終的には『いっそ勝ちヒロインを描いてみたらどうだ？』という提案が突破口になった。ラブコメの佳境のイメージしかないなら、シンプルにそれを描けばいい、というわけだ。

ラブコメヒロインの勝ち負けというのは割と広く共有された文脈で、ストーリーを想起させるいさなの画風ともマッチしていた。５００ＲＴは行けそうだな。

……実はここ最近、業界人と思《おぼ》しきアカウントからのフォローがちらほらある。何らかの商業仕事が舞い込んでくる可能性は少なくないだろう。慶光院《けいこういん》さんにも相談したが、『あってもまったくおかしくはないね』と言われていた。

しかし、いさな的には思い入れが大きいだろうライトノベルの仕事は、まだ時期尚早だ。何せ美少女キャラ以外の経験値が少なすぎる。男キャラも大人キャラも描けるようになって、さらに小物類のデザインに関する知識も溜《た》めて、ようやく手が出せる領域だ。早くても来年の中頃までは力を溜めて、それからポートフォリオを作り――

――と、プランを練りながらいさなの部屋を出ると、リビングに凪虎さんがいた。

凪虎さんはソファーにだらしなく膝を立てて座り、テレビを使ってゲームをしている。とても集中力が要りそうな対戦ゲームだったが、僕がリビングに踏み入るなり、振り返りもせずに言った。

「よお。お疲れ」

「……お疲れ様です」

「アタシは疲れてねーよ。ナメんなボケ」

ただの挨拶に噛《か》みつかないでほしいものだが、この人の大人げない振る舞いにもだいぶ慣れた。

「あのぐーたら娘を管理すんのは苦労すっだろ。聞いたぜ、学年末テストの結果」

「……実力ですよ。それに、僕は元々、あまり時間をかけて勉強しないタイプですし」

「勝ち誇れよ。このアタシの娘を、あの進学校で、赤点取らせずに済ませてるんだぜ？」

一試合終わったのか、コントローラーを握る手を止めて、凪虎さんは振り返る。

「よくやった。ウチの娘を抱いてもいいぞ」

「ポリコレ的に終わってるので遠慮します」

言い訳はクソだな、と笑いながら、凪虎さんは次の試合を開始した。

……結女と付き合い始めたことは、この人には言っていない。

僕といさなをくっつけようとする発言が、果たしてどの程度本気なのかはわからないが、いずれはきちんと話さないといけないのだろう。恋人がいる身で女子の部屋に出入りしているのは事実なのだから……この人には、親として僕を非難する権利がある。

しかしそれも、いさなの状況がもう少し落ち着いてからだ。まかり間違って僕との連絡が禁止されてしまったりしたら、今のいさなでは何もできない。

後に僕の心証がどれだけ悪くなったとしても、今は言うべきではないというのが、僕の考えだった。

水を取って部屋に戻ると、いさなは机に突っ伏したまま眠っていた。

初めての修羅場に学年末テストまで重なり、精根尽き果てたんだろう。僕はベッドから毛布を取ってくると、静かに上下するいさなの肩にそれをかけた。

「お疲れ」

小さくそう語り掛けると、一個の小袋をその顔の側に置く。

その小袋には、駅地下で買ってきた高めのクッキーが入っていた。

亜霜愛沙◆先輩

目を覚ましたとき、寒いと思うことが多くなった。

三月の気候のせいじゃない。布団が薄くなったわけじゃない。

たぶん、センパイが側にいることが増えたから。

センパイの温かさが恋しくて、布団の中で膝を抱える。

我ながら不安になる。同じベッドの中にセンパイがいないだけで、こんなに寂しく感じるようになるなんて。

今や週に二回は一緒に寝てるのにね。

あたしの止《と》め処《ど》のない承認欲求は、それだけじゃ足りないと言っているらしい――もしかしてあたし、依存症？　いやいや、いい風に言ってみよう。あたしのカラダはセンパイ色に染められてしまったのだ。いやーん、エッチ！

本当は、たぶん、……センパイがセンパイでなくなってしまうことに、イヤイヤと駄々《だだ》をこねているだけ。

センパイはあたしにとって、出会ったときからセンパイだった。それ以外なんてありえなくて、だから恋人になった今でもセンパイと呼び続けているし、敬語をやめるつもりもない。

センパイ自身は、たまに『いつまで敬語使ってんだ?』なんて言ってくるけど……後輩という立ち位置は、存外心地がいいのだ。甘えてもいい気がする。縋《すが》ってもいい気がする。妹みたいに優しくしてもらいながら、恋人みたいにイチャイチャできるなんて、それって最高じゃない?

要するに、あんまり自信がないんだろう、自分自身に。

センパイと対等の人間になる、自信が――あたしってヤツはいつもそうだ。みんなにちやほやされたいと焦がれながら、変に分を弁《わきま》えて小さくまとまろうとする。すずりんにコンプレックス拗《こじ》らせてたときと何にも変わりやしない。

あたしは来月から、センパイのいない学校で過ごしていかなきゃいけないのに。

「――お姉ちゃん! いつまで寝てるの!? 今日卒業式でしょ!?」

優秀な妹アラームが鳴り響き、あたしはもぞもぞと布団の中から顔を出す。

生徒会は卒業式の裏方、その中核。あたしは去年経験してるけど、ランランやゆめちはまだ勝手がわからないだろう。

行かないと。

あたしももう、先輩なのだ。

卒業式は、つつがなく終わった。

卒業生が退場し、一気にがらんとした体育館で、並べたパイプ椅子を片付けていく。体育館の外からは、歓声だか泣き声だかわからない、悲喜交々《ひきこもごも》の声が、薄《う》っすらと漏れ聞こえていた。

あたしは――泣かなかった。

センパイ以外に知ってる先輩は、庶務先輩くらいだったし。それにしたってSNSで繋《つな》がってるから、お別れって感じはしない。

そもそもあたしは、卒業式で泣かないタイプだった。

自分が卒業するときは泣いてほしいけど、先輩が卒業するときはさっぱり涙腺が動かないという、まったく薄情なタイプだった。

それとも、……認めたくないのかな。

センパイが卒業するという事実を――センパイの後輩でなくなるという事実を。

「愛沙」

畳んだパイプ椅子を運んでいると、すずりんが話しかけてきた。

「ここはもういいよ。行ってきたらどうだい？」

「ん……」

気の利く申し出だったけど、あたしは反射的に口ごもった。

それから口をついて出たのは、みっともない言い訳。

「別にいいよ。あたし嫌われてるし。出しゃばったらせっかくの感動ムード壊しちゃう」

すずりんは細い眉を不審そうにひそめる。

「……ずいぶん物分かりがよくなったね。出しゃばるのが取り柄みたいなくせして」

「正妻の余裕ってヤツ？　心配しなくても、会う約束はちゃんとしてるし」

そう――今日は卒業式の日であると同時に、三月十四日。

ホワイトデー。

センパイからは、バレンタインのお返しをするから、という連絡をすでに受けていた。

だから別に、学校で会わなくっても――

「他の後輩が告白してるかもしれないよ」

背筋が凍った。

「今日が最後の機会だしね。それでもいいの――」

「ごめんあと任せた!!」

あたしは抱えていたパイプ椅子をすずりんに押し付け、全速力で体育館の外に走った。

わかってる。

これは意味のない不安だって。センパイはあたしが後輩じゃなくなるなんてこと気にしてやしないし、あたし以外の後輩に告白されたとしたって気にしやしない。あたしがあんなに口説き落とすのに苦労したんだから、ぽっと出の後輩がどうこうできるわけない。

それでも――センパイにとって、あたしが一番の後輩であってほしい。

最後の最後まで。一分一秒も漏れなく。

だって――あたしにとって、センパイが一番の先輩だったんだから……！

「センパっ……！　――い？」

その姿を求めて走ってきた校門には、イメージしていた光景はこれっぽっちもなかった。

センパイを取り囲む、たくさんの後輩の姿はなく。

ただセンパイだけが、校門の柱に寄りかかって、卒業証書の筒をもてあそんでいた。

そして、

「ん？　おう――早かったな」

なんて風に……あたしの顔を見て、いつものように言うのだ。

あたしは何度も、センパイ以外には誰の姿もない校門を見渡して、

「え？　あの……センパイ？　お見送りの方は……？」

「大していねぇよ、そんなもん。部活は一年のときにやめちまったし――生徒会関連で知

り合った連中は、まあ、それなりに顔を見せてくれたがな。それも早めに切り上げてきた」

「ええ？　なんでですか……？」

「先約があったんでな」

センパイはシニカルに笑った。

「可愛《かわい》い彼女を待たせんな――って言ってたろ？　先月」

……そんなの、ただの冗談で。

今、センパイが言ったのも、きっと冗談で。

でも……あたしを一番に優先してくれたことは、きっと本当で。

「……センパイ」

「ん？」

あたしはチョロいから、それだけのことで、不安なんて忘れてしまった。

「人望……ないですねっ」

小悪魔にできたかな。

本気の安心が、顔に滲《にじ》んでないかな。

今、不安なのは、それだけだった。

「元生徒会長を舐《な》めんなよ、お前。同窓会に呼ばれまくりだっつの」

冗談めかして言いながら、センパイは近寄ってくる。

そして、ポケットに手を突っ込みながら、「ちょっと屈《かが》め」と言った。

「え？　センパイ、なんですか急に――」

言われるままに少し屈むと、センパイがあたしの首の後ろに手を回した。

軽い感触が、首回りに増える。

あたしの首から、細いネックレスがぶら下がっていた。

「ハッピー――あー……ハッピーバレンタインは聞くが、ハッピーホワイトデーって言うのか？」

あたしは自分の首から下がったネックレスを、じっと見下ろす。

これって……これって！

「せ、センパイ、これ……！」

「首輪代わりだよ。学校じゃあもう、直接手綱を握ってはやれねぇからな」

それに、と言って、センパイは不良っぽい眼《め》を、恥ずかしげに横に逸《そ》らした。

「……ちょうどいいだろ。悪い虫がつかねぇようにするには」

…………わ…………。

わ、あ、ぁあああぁ～～～～～～～～！

「センパイっ！」

「あ？　……ぬおっ――」

センパイの肩をぐいっと押し下げて。

近付いた唇に、あたしはすかさず自分のを重ねる。

感触を刻みつけるように、しっかり一〇秒、くっつけてから、あたしはセンパイの瞳を覗《のぞ》き込んだ。

「卒業……おめでとうございます、センパイ」

「……どうも」

ぶっきらぼうに応えて手の甲で唇を隠すセンパイに、あたしはくすくすと笑う。

こんなに可愛いセンパイは、あたししか知らない。

こういうセンパイになら、甘えるだけじゃなくて甘えられたいと……心の底から思った。

「ちなみに、ネックレスって校則違反なんですけど、知ってました？」

「バレなきゃいいんだよ、バレなきゃ」

「もしも〜し。それが元生徒会長の発言ですか〜？」

センパイは、一番の先輩だ。

そしてあたしは、一番の後輩だ。

南暁月《あかつき》◆何でもしていいって言ったから

ご存知《ぞんじ》だろうか。

一〇年も幼馴染《おさななじ》みをやっていると、ホワイトデーの選択肢が尽きるということを。

最初は可愛らしいものだった。あたしは10円のチョコをあげて、あいつは30円の駄菓子を返してきた。巷《ちまた》で言われるホワイトデー三倍返しを真に受けたらしい。

初めて手作りチョコをあげたのは、確か中学一年のときだったと思う。その一ヶ月後、あいつは高級そうな缶に入ったクッキーを持ってきた。親に持たされたらしい。二人でゲームしながら一緒に食べた。

あたしは毎年チョコを用意していればよかったけど、ホワイトデーは自由形だから、あいつは毎年大変そうだった。別に毎年クッキーでもいいし、キャンディでもいいんだけど、去年と同じものを返すのはプライドが許さなかったらしい。

最後にもらったのは中二のとき。

アルファベット型のクッキーで、並べ替えるとメッセージになるという仕様だった。

今のあいつからは想像もできない洒落《しゃれ》た演出だけど、そこは中学二年生という多感な時期の為《な》せる業だったんだろう。やけに個性に拘《こだわ》る自意識も、たまにはいい方向に働くことがあるらしい。

二時間くらい考えて、クッキーはこういう文章を生み出した。

――『HUNT　OKAY』。

ハント・オーケー？　狩って良し？　何を？　もしかして――

繰り返すけど、これは中学二年生の頃の話だ。

多感で、無知で、視野の狭い、あたしが一番痛々しかった頃の話だ。

――もしかして……あたしが狩られちゃう⁉

きゃーきゃーきゃー！　と妄想を逞《たくま》しくしたのも束《つか》の間《ま》、本当は『THANK　YOU』と並べるのが正解でした、というオチである。

二時間も考えて、その一番簡単な答えが出てこなかったあたしもあたしだ――きっと、少しでも見出《みいだ》したかったんだろう。こーくんから、幼馴染みとして以外の感情を。

あれから二年。

もはやあの頃の妄想は叶《かな》うはずもなく――というか、叶えすぎた結果――どうにかこうにか、あたしたちは幼馴染みとしての三月十四日を迎えていた。

あたしは『ただいま』を言うこともなく、無言で玄関ドアを開ける。

部活の助《すけ》っ人《と》で知り合った先輩たちを、卒業式で見送った帰りだった。打ち上げというか、送別会というか、そういうのに誘われたりもしたけど、あたし、飽くまで助っ人だしなあ——正式な部員でもないのに混ざるのはなんか違う気がして、他に用があることにして一人で帰ってきた。

当然、言い訳はこれだ。

——今日は、ほら、三月十四日ですんで……

『男かあ⁉』と絡んでくる先輩たちを『へへへ』と意味深な笑みだけで躱《かわ》し、無事、帰路に就いたのだった。

まあ、あながち嘘《うそ》でもないし。

特に何にも約束はしていないということを、言っていないだけだ。

あたしはエアコンのスイッチを入れると、コートを脱ぎ捨ててソファーにどかっと仰向《あおむ》けで寝転がる。

「はあー……」

なんか、友達は多い割に、要所要所では独りになりがちな気がするなあ、あたし。

もしかしてキョロ充？

根が割と陰寄りなのは、あたしとしても認めるところではあるけど。

「結女ちゃんが恋しー……」

ＬＩＮＥしちゃおっかなあ。でもまだ卒業式の仕事してるかもだしなあ。麻希《まき》ちゃんや奈須華《なすか》ちゃんに構ってもらうのもナシじゃなしか。

……どっちにしろ着替えよ。

式には出ないにせよ、学校に行くからってことで制服を着ていた。あたしは身体《からだ》のバネだけでソファーから起き上がると、リボンを取り、ブレザーを脱ぎ、ブラウスをほっぽり出した。それから立ち上がり、スカートのファスナーをジーッと下げて、すとんとその場に落とす。

ちょうどエアコンで部屋も温まってきて、薄手のインナーにショーツだけの格好でも寒くはなかった。部屋から着替えを取ってくる前に、脱いだ制服、洗濯機に入れちゃおう。

足元に落としたスカートを、爪先に引っかけて蹴り上げようとしたときだった。

「――よーっす。帰ってるか？」

「あ」

川波が玄関のほうから顔を覗《のぞ》かせてきて、コントロールが狂った。

頭上に蹴り上げるつもりだったスカートが、輪投げみたいにすっぽりと、川波の首に引っかかる。

「あ」

川波はエリマキトカゲみたいになりながら、下がパンツだけの、しかも脚を蹴り上げた格好のあられもないあたしを見て言った。

「悪《わ》り。ミスった」

「それがラッキースケベした奴《やつ》の台詞《せりふ》か？」

もうちょっと喜べ。女子の半裸だぞ。


あたしにも意地があるから、川波が顔真っ赤にするまでパンツ一丁でいてやろうかと思ったけど、さすがに寒かったから、部屋で服を着た。

もこもこのオーバーサイズシャツで、あたしの体格ならほぼワンピースになる。これだけだと脚が寒いから、ニーハイで絶対領域を作ってみた。

パンチラ覚悟の無防備部屋着コーデである。

見えそうで見えない闇の空間に、さっき目に焼きつけたパンツの姿を夢想するがいい。

「入っていいよー」

部屋の外に呼びかけると、川波が警戒の表情でドアの隙間から顔を覗かせる。

「……なんで今日に限って部屋なんだよ？　いつもリビングだろーが」

「今日はパパとママ帰ってくるかもだし。さすがに気まずいでしょ？　こーくん♥」

川波は苦虫を嚙《か》み潰《つぶ》したような顔をして、重い足取りで部屋に入り、後ろ手にドアを閉めた。

あたしの両親とは家族同然の仲とはいえ、目の前でホワイトデーのお返しができるほど肝が据わってはいないだろう。ただでさえ隠してるしね、付き合ってたこと。

川波はベッドに腰掛けたあたしのところにずんずんと歩いてくると、「ほらよ」とラッピングされた長方形の箱を差し出してきた。

「ホワイトデーだ」

「おー。中身は？」

受け取りながら訊《き》くと、

「マカロン」

と川波は淡々と答える。

「へー。いいじゃん。好きだよ、マカロン」

「カード見てみろ」

カード？

よく見てみると、ラッピングを十字に縛る金色のリボンに、小さなカードが挟まっている。これは……。あたしはそれを抜き取って、裏返してみた。

――『今日だけ何でもしていい券』。

カードには、そう書かれていた。

「それが今年のホワイトデーだ」

川波はなぜか偉そうに腕を組んで、なぜか偉そうに宣言した。

「体質のことでお前にはいろいろ気を遣わせてきたからな。今日だけは我慢してやろうってわけだぜ。さあ、煮るなり焼くなり好きにしろ！」

名乗りを上げる武将のように威勢のいい幼馴染みを見上げて、あたしは半笑いになる。

「……まさか、男に『プレゼントはわたし♥』をやられるとは思わなかったよ……」

「拷問に耐え抜いてやろうって漢気《おとこぎ》を、軟弱に翻訳するんじゃねー」

あたしが何をすると思ってるんだ、この男は。

じっとカードを見下ろして、しばらく考え——あたしは、ベッドから立ち上がる。

「それじゃあ……お言葉に甘えて」

「どんと来やがれ」

川波は腕組みを解いて、あたしに差し出すように身体を開いた。

あたしは自分より三〇センチほど背の高い男の身体を、間近から検分する。トップスは冬物のシャツに着古したカーディガン、ボトムスはだいぶ穿《は》き込んだ色褪《いろあ》せ方のジーパンだった。この服装だとわかりにくいけど、部活もしてないくせに毎日筋トレして、見せ筋を鍛えていることをあたしは知っている。

煮るなり、焼くなり……。

「どうした？」

「…………………」

訊いてくる川波に、あたしは返事ができなかった。

何でもしていい、って……どこまでしていいの？

今日だけは我慢する――拷問――そういうワードからして、アレルギーが出るようなことをしていい、って……ことなんだろうけど……。

やばい。

死ぬほど、ドキドキする。

今まで気を付けてきた裏返しか。いざしていいと言われると、緊張しちゃって、尻込みしちゃって、頭が真っ白になる。

い……いいの？

あたし……ちゃんとエッチなことするけど？

いやいや、もちろんこんなのは戯れに過ぎない。限度はあるだろうと思うけど。でも。何でもしていいって言うんだったら。そりゃあ、ほら。R15くらいまでは……ねえ？

手が震えないようにしながら、マカロンの箱を机に置いた。

ラインがわからない。

このお店、どこまでオッケーなの？　わかんないよそういうことはちゃんと書いてくれないと！　怖い黒服の人が出てきてからじゃ遅いんだよ⁉

頭の中がバグりつつあるのを感じながら、あたしは沈黙に急《せ》かされるように、手を伸ばした。

指先で、服越しに、胸筋に触れる。

「ぬおっ。変な触り方すんなって」

フェザータッチすぎて、川波がくすぐったそうに身を捩《よじ》った。しまった。躊躇《ためら》いすぎた。

今度はぺたぺたと手のひらで触る。硬い、女の子とは全然違う胸板。別にこのくらい、いつも触ってるし、物珍しくはないけれど、明確に邪《よこしま》な意思を持って触っているという事実が、何よりもいやらしく感じられた。

身体検査だ。

身体検査だと思えばいいんだ、こんなのは……。暴露療法の一環として、ついでに悪いところがないか探してやるのだ。

胸から脇腹、二の腕と触診していく。ほら、全然エッチじゃない。全然全年齢だ。お医者さんごっこをはしたない行為と捉えているのは、汚れた目を持つ大人だけなのだ。

あたしは医者だ……。何ら恥じるところのない、医療従事者なのだ……。

じゃあ、服の上から触るだけじゃダメだよね？

がばっとシャツを捲《まく》り上げた。

割れた腹筋があるわけじゃない。

そこそこに引き締まったお腹《なか》があり、おへそがあり、ジーパンからはみ出したトランクスの端っこがあり。

ベルトがあり。

「――――はっ」

自然とベルトに手をかけようとしていた自分に気付いて、あたしは思い留《とど》まった。

あっ……あぶな～っ！　ジーパン脱がすとこだった～っ！　R18になるとこだった～っ！

いかん。

これ以上はいかん。

こうも主導権を渡されてしまうと、悪いあたしが復活してしまう。結女ちゃんにも亜霜先輩にも話せない、ドン引き性欲エピソードが爆誕してしまう。

主導権を握ってはいけない。

そうだ、当初はそういう方針だったはずだ。

何でもしていい、って言うんだったら――

「ん？」

シャツを下ろし、そのまま距離を取ったあたしを見て、川波は不思議そうにした。

「これで終わりか？　ただの身体検査じゃねーか」

「……うん」

あたしは再び、ベッドにお尻を落とすと。

こてん、と。

そのまま、仰向けになった。

「だから今度は、あんたの番ね」

寝転んだあたしを見下ろして、川波は目を見張った。

何でもしていいって言うんだったら、こういうのもアリだ。

あたしが主導権を握るとやりすぎちゃうけど、こいつが握る限りには、滅多《めった》なことにはならなそうだし——仮に、こいつの理性がはち切れちゃったとしても。

……まあ。

それは……それで。

「どしたの？」

固まった川波を見上げながら、あたしはくすりと笑って煽《あお》る。

「漢気はどこ行ったのかな？　ん？」

ぴくりと、川波の頬《ほお》がひくつく。

まるで針に引っかかった魚みたいだった。

「……身体検査だな？」

「ん。隅々までね？」

　本当に隅々までやられたら困るくせに、挑戦的な言葉が口を衝《つ》く。

　その甲斐《かい》あって、川波はあたしが寝転ぶベッドに膝を乗せた。ぎきぃ、とベッドが軽く軋《きし》む。男の体重で敷き布団を変形させながら、川波はあたしに覆《おお》い被《かぶ》さる格好になった。

　川波の唇が乾いている。

　空気のせいかな。それとも……。

「……やるぞ？」

「いらないんだけど？　いちいち」

　余裕ぶった台詞《せりふ》を言うと、川波の手が躊躇《ちゅうちょ》しながら、あたしのお腹辺りに伸びた。もこもこしたシャツの上からお腹を触られる。生地が分厚いから、感触も何もなかった。

「日和《ひよ》ってない？」

　くすくすと嘲るあたし。

「本当はもっと触りたいところがあるんじゃないですかぁ〜？　お医者様ぁ〜？」

「お前、メスガキ上手《うま》くね？」

　知らん。なんだその属性は。

「ちなみに、いいこと教えてあげよっか」

「なんだよ」

「あたし、今、ノーブラ」

「…………………」

川波は五秒くらい沈黙した。

「……元から必要ねーだけだろ」

強がっても、そんなに間を空けたら意味ないよ？

「本当に必要ないかどうか、確かめてみたら？　意外と結構――」

「いやない」

「断言すんな」

本当にあるんだぞ！　あんたが思ってるよりは！

「あっ、おい！」

「いいからさっさと確かめろーっ！」

あたしは川波の手を摑《つか》んで、無理やり自分の左胸に添えさせる。

川波の男っぽいごつごつした手が、服越しにあたしの膨らみをすっぽりと包み込んだ。

「ほら……どう？」

引っかかりを探すように、川波の指がもぞもぞと動いた。

「いや……服越しじゃ、わからん」

自分でやっておきながら、あたしはすでに失策を悟っていた。

左胸じゃなくて、右胸にすべきだった。

だって、左だと――

――ドクンドクンドクン。

「本当に……わかんない？」

――ドクンドクンドクンドクンドクン。

「言われてみれば……ちょっと、柔らけーかも？」

――ドクンドクンドクンドクンドクンドクンドクンドクン。

過剰に巡った血が、脳から正常な思考を奪っていく。

川波の唇が乾いている。

ちょっと痛そう……。リップくらい塗っといてくれればいいのに……。

「いやでも、生地の柔らかさと区別つかねーし……」

川波の唇が乾いている。

今日は何食べたのかな……。あたしのお昼は……たぶん大丈夫……。

「そもそも、胸の大きさに拘《こだわ》んのもガキっぽいっつーか……」

こーくんの唇が乾いている。

あたしは自分の唇を湿らせた。

「っつーか、そろそろ腕が疲れて――」

「――ひにゃっ！」

胸に添えられた手に力がこもって、あたしはその刺激に甲高い声を漏らした。

「あっ、ごめっ――」

こーくんが動揺して、ベッドについていた手の位置をズラす。

でも、あたしのベッドは小さくて。

ずらした場所には、もう何もなくて。

――ずるりと、こーくんの手が滑り落ちる。

「あぶッ――」

こーくんが体勢を崩した。

あたしの上に倒れ込もうとした。

慌てて、ベッドに手をつき直した。

こーくんの顔が近付いて、息が唇が当たって。

そこで止まった。

「――ッねー」

ごめん。

我慢、無理。

あたしはこーくんの首に手を回して、乾いた唇に吸いついた。

「────っ⁉」

驚いて蠢《うごめ》くこーくんを両手で抑え込んで、唇を押しつけ続ける。

「──っはあ、……んっ……」

息苦しくなったら、一瞬だけ離して、もう一回。

溢《あふ》れた気持ちを吹き込むように、何度も、何度も、唇を重ねる。

久しぶりの感触は、やっぱりカサカサして痛かった。

それでもやめる気にはならなかった。誰かに乗っ取られたみたいに、あたしは夢中でキスをした。

「──……は、……ふう……」

何度目か、何分後か。

あたしはようやく理性を取り戻して、こーくんから顔を離す。

こーくんは──驚いた顔をしていた。

目を見開いて、口を半開きにして、唖然《あぜん》、って感じだった。

「──……っは……っは……」

荒い息だけが、あたしと一緒。

その息の音を何度か聞きながら、あたしはゆっくりと、手の甲を唇に当てる。

「……ごめん……」

その手で顔を隠しながら。目を逸《そ》らして気持ちを誤魔化《ごまか》しながら。

「今……顔、見ないで……」

ようやっと絞り出せたのは、暴挙への謝罪じゃなかった。

「この顔、見たら……たぶん、吐いちゃう、だろうから……」

今のあたしの顔は。

たぶん、この一年で一番の——女の顔だった。

「…………おう…………」

川波は小さく声を漏らすと、ゆっくりと上体を持ち上げる。

遠ざかった顔を横目で見ると、すでにその顔色は悪くなっていた。

「悪い、オレ……いったん帰るわ……」

「……うん。そのほうがいい……」

ベッドの上で丸まったままのあたしを置いて、川波は部屋を出ていった。

一人きりの部屋で、あたしはしばらくの間、天井を見上げて、火照った身体《からだ》が冷めるのを待った。

…………やっちゃったぁ…………。

だって、あいつがあんなこと、言い出すから……そんなの、やっちゃうに決まってんじゃん……。

キスくらいで済んだことが奇跡だと言いたい。あいつが全然抵抗しないから、あのまま最後までやっちゃうんじゃないかって――

「……あれ……？」

思い返して、首を傾《かし》げる。

「……顔色悪くなるの、遅くない？」

今までなら絶対、アレルギーで気絶してたようなことをやらかしたのに――普通に、自分の足で帰っていったんだけど、あいつ。

「…………………」

治ってる。

前よりも、治ってる。

紅鈴理◆手に入れたもの

中学の頃、文化祭でクラスの指揮を執ったことがある。

能力的に当然だった。クラスメイトの誰もがぼくを推したし、ぼくもまた自然とその役割を請け負った。
ぼくはまだ、知らなかったのだ。
自分が完璧な人間ではないということを。

――ねえ、紅さん！　ここはこうしたほうがいいと思うんだけど……
――いいね。でも全体のバランスが崩れるし、工数も増えるから
――……そっか

――紅さん、男子が喧嘩《けんか》してて……！
――時間の無駄だよ。放っておきな。代わりにあっちに作業回して
――えっ……わ、わかった……

おかげで、出し物は満足のいく出来になった。
評価もされた。
でも、今だったらわかる。
彼女は、全体のバランスなんかよりも、やりたいことをやりたかったのだ。
彼女は、作業の効率よりも、みんなで仲良くしたかったのだ。

そこが会社だったなら、ぼくの仕事ぶりは完全無欠だったかもしれない。だけど、そこはただの学校であり、ただの文化祭だった。

——紅さんって、自分が一番正しいと思ってるよね

陰口を、聞いたことがある。

——あたしらの言うことなんか聞く価値ないって感じでさ

——そうそう。全部あいつだけで良くね？

——なーんか、物足りない文化祭になっちゃったなあ……

それはたぶん、一部だけの感想ではなかった。

その証拠に、ぼくの周りからは徐々に徐々に、人がいなくなっていった。

ぼくは——正しいことをしたはずだった。

でも、誰も……正しさなんて、求めてはいなかった。

ぼくは、ぼくが一番正しいと思っている。

ぼくは、ぼくが一番有能だと思っている。

その自負は揺らがない。揺らぐほどの相手に、まだ会ったことがない。

それでも——完璧じゃないということだけは知っている。

ぼくには、他人を認める能力が欠けているのだ。

自分を否定してまで、誰かの何かを尊ぶ能力が——

──そんなときに、見つけたのだ。
人知れず他人の雑用をこなす、一人の、存在感のない男子を。

──羽場くん
自分の欠落を埋める、最後のピース。
──キミにしか、できないことがあるんだ
傲慢にも押しつけたその役割は、でも、いつしかそれだけではなくなっていた。
──ジョー
自分のできないことができるからじゃない。
──好きです。付き合ってください
キミという存在が、輝いて見えたから。
ぼくみたいなのについてきてくれる。他の誰もを認めながら、自分だけは認められない。
そのくすぐったいほどの敬慕も、そのうざったいほどの屈折も、何もかもが、輝いて見えるようになったから。
キミはぼくより正しくない。
キミはぼくより有能じゃない。

それでもキミは、ぼくよりも輝いている。

ああ、眩《くら》んでいるよ。だって他の誰も気付いていない。客観的には存在しない。そんな光に目が眩んで、ぼくはきっと、幻覚でも見ているに違いないんだ。

でもね、それを恋と言うんだろう？

参考資料には載っていない。どれだけ検索しても出てこない。

誰よりも正しいぼくが――何よりも正しいと信じる。

これが答えだ。

これが、キミにしかできなかったことだったんだ。


パイプ椅子も、緑のフロアシートも取り払われ、体育館はすっかり元の姿に戻っていた。

ぼくは無人の空間を、舞台の縁《へり》に腰掛けて眺めている。

少しばかりの達成感があった。まだ入学式があるというのに――任期も半年残っているというのに――年度末という区切りの時を迎えて、会長として何かを成し遂げられたような気がしていた。

……泣いている先輩が、たくさんいたな。

卒業式という催しには、裏方の個性など表れない――それでも、それだけで、中学の頃よりは、少しだけマシになれたような気分になってしまう。

来年、ぼくが彼らの立場になったとき、同じように泣けるだろうか？

この高校で暮らした三年間を――涙を流すほどに、惜しむことができるだろうか？

「……望み薄だな」

小さく呟《つぶや》いて自嘲する。

自分の性格は、自分が一番よく知っていた。ぼくは結構、薄情だ。泣かないと言いながら泣くタイプの愛沙とは違う……。

そのとき、舞台側の出入り口が、ガラガラと開かれた。

ぼくしかいない体育館を、一人分の足音がぽつぽつと横断してくる。

「紅さん……伊理戸さんと明日葉院《あすはいん》さんは、帰られました」

ジョーの、いつもと同じ控えめな声が、けれど無人の体育館には大きく響く。

「そうかい」

と短く応えながら、ぼくは舞台の縁に座ったままでいた。

ジョーは三メートルほど離れたところで立ち止まって、ぼくの顔を見上げる。

「今年度分の活動は、これでおしまいですね」

「そうだね。次は四月の入学式か」

「…………………」

ジョーは、何かを待つように沈黙する。

いや……違うかな。

ジョーほどの熟練ではないとはいえ、ぼくも多少は人間観察の術《すべ》を身に付けた――ずっと側《そば》にいた彼のことであれば、些細《ささい》な表情の機微から察せることもある。

彼は……逡巡《しゅんじゅん》しているんだろう。

踏み出すことを――踏み入ることを。

それだけで大きな進歩だと、ぼくは知っている。勇気を出すかどうか――その選択肢の前にすら、彼は立ってはくれなかった。挑むまでもなく、臨むまでもなく、彼の在り方は決まっていて。決断という大仕事を済まさなくても、彼の人生は充実していたのだから。

それ以上を。

望むことになると――望むかもしれないと。

迷ってくれているだけで……ぼくにとっては、何よりもの成果だった。

ぼくはほのかに緩ませた唇から、ひんやりとした体育館に呼気を吐き、……静かに、自分から口火を切る。

「最初と、同じだね」

「え？」

ぼくは舞台の縁から飛び降りた。

小気味よく反響する着地の音に、この体育館を独占したような満足感を得る。

「他には誰もいない、ゴミ捨て場の前で。キミに声をかけたときと——あのときも、愛沙も結女くんも、蘭《らん》くんも会長も庶務先輩も、誰もいなくて、キミとたった二人だった」

さっきまで座っていた舞台の縁をなぞるように撫《な》でながら、ぼくは続ける。

「片足を見つけた気がした。腕なんかじゃない。それよりももっと重要な、歩くための足を。キミさえいれば、ぼくはどこまでも歩いていけると思った」

自然と浮かんだ自嘲の笑みを、ジョーに向けた。

「最初は——その程度だったのさ」

キミが過大だという、その評価は。

ぼくにとっては、過小にもほどがあった。

「キミはぼくに、他人の知り方を教えてくれた。ぼくの傲慢を正し、適切な仲間の作り方を教えてくれた。でも、それ以上に——その自己評価の低さでもどかしく思わせ、その思いやりの深さでいじらしく思わせ、その身持ちの固さで腹立たしく思わせてくれた」

ジョーにまっすぐ相対し——ぼくは言う。

「全部——初めてだったんだよ？」

偶然だとキミは言うかもしれない。

もっと相応《ふさわ》しい誰かが、自分よりも先に出会っていたらと——そんな正論を言って、ぼくを論破するかもしれない。

でも。

現実に出会ったのはキミなんだ。

たとえただの偶然だとしても、それがたった一つの事実なんだ。

仮に、この事実が最善ではなかったとしても。

現実に出会ったキミこそが、最善よりも最高だと、ぼくは胸を張って言うだろう。

「どうかな？」

一歩。

「最後の、アピールタイムだったんだけど」

二歩。

「ようやく、信じてくれたかい？」

三歩。

ぼくのほうから、ジョーに近付く。

これがたぶん、ぼくにできる最大のアプローチ。

残りの三歩は、向こうから進んでくれなければ……意味がない。

「…………俺は」

一呼吸の後に、ジョーは小さく口を開けた。

「自分に価値があると、思ったことがありません。大した理由もなく……そうであることが当たり前のように……小さい頃から、そうでした」

訥々《とつとつ》と、今までの遅れを取り返すように、ジョーは語る。

「でも……たぶん、それって誰でも同じことなんです。自分の価値なんてものを、最初から知っている人間はいない……。子供のうちは甘やかされて錯覚し、そのうち本物を見つけていく……。それはきっと、紅さん——あなたも、同じだったんでしょうね」

ジョーの口振りは、溜《た》め息《いき》をつくようだった。

「最初から、違うと思っていた……。俺と彼らでは、最初から持っているものが違うと……。でも、そう——違うのは、手に入れたものだったんだ。亜霜さんや、伊理戸さん……星辺先輩に、そして紅さん——あなたたちがどんどん変わっていくのを見ていたら、どうしようもなく、それを悟らざるを得なくなった……」

そして、ジョーは言う。

「俺は——背景でいい」

力強く。迷うことなく。

「その答えに変わりはない。俺はそんな自分に、誇りを持っている。誰かの背景であれることの素晴らしさを、誰よりも知っている——ただ、気付いたんです。それは与えられたものではなく、俺が自《おの》ずから手に入れたものだったということに」

羽場丈児。

洛楼《らくろう》高校生徒会で――いや、この高校の誰よりも、存在感の薄い男。

そんな彼が、今。

無人の体育館で――圧倒的に、確固として、はっきりと！

その存在を、主張していた。

「紅さん……俺とあなたでは、釣り合わない」

肝が冷えるはずのことを言われたのに、ぼくの身体《からだ》は逆の反応を示していた。

胸が高鳴って、止まらない。

「でも……それはそれとして、俺が手に入れたものは――俺が思っていることは別なんだ」

ジョーの一挙手、一投足、唇の動きの一つ一つから、目が離せない。

「あなたは、俺にないものを全部持っていて……舞台の主役みたいで、光り輝いていて
――だけど」

一歩。

「舞台袖にいる俺のことを、こんなしがない黒子を、見つけ出してくれた」

二歩。

「いつからだと訊《き》かれたら、そんなこと――決まってる」

三歩。

「最初から、好きでした」


目の前に立って。

ぼくの手を軽く握って。

チョコが入った小袋を、ぼくの手のひらに置いた。

「……ずっと誤魔化《ごまか》してて、すみません」

俯《うつむ》きがちに、もごもごと付け足した一言だけが、聞き慣れたジョーのそれ。

ぼくはくすりと笑って、俯いた顔を覗《のぞ》き込んだ。

「手作りチョコ？」

「えっと、……同じ物を返すくらいしか、応える方法が……思いつかなくて……」

さっきの存在感が嘘《うそ》のように尻すぼみになっていく声音に、ぼくはさらにくすくすと笑った。

「同じ物……ってことは、いいのかな？　そういうことだと思って」

付き合ってください、と言って、ぼくはチョコを渡した。

そしてジョーもまた、同じ物を返してきた。

ジョーはほんのりと耳を赤くしながら、もごもごと言う。

「まあ……そういうことで、いいです……」

「それじゃあ、やることがあるんじゃないかな？」

ぼくはチョコを持った手をジョーの腰辺りに添えて、身を寄せた。

「え、……あ……」

「これまで散々焦《じ》らされたんだ。このくらい性急でもいいだろう？」

息のかかる距離から見つめると、ジョーはあちこちに視線を泳がせてから、数秒、きつく目を瞑《つぶ》った。

「そ……れじゃあ……」

意を決したように目を開けたジョーを見て、ぼくは自然と瞼《まぶた》を閉じる。

すると――

――ぎゅうっと、全身を力強く抱き締められた。

「…………………」

「…………っ…………」

背中に回された腕が思いっきり強張《こわば》っているのを感じて、ぼくは音もなく微笑《ほほえ》んだ。

……キスをせがんだつもりだったんだけどな。

まあいいか――ジョーから抱き締めてもらうのも、初めてのことだ。

ぼくたちは誰もいない体育館の真ん中で、何秒も、何分も、抱き締め合っていた。

伊理戸結女◆恋のゴールはどこにある

学校から帰り、自室で制服から着替えると、お母さんたちに見つからないように外に出た。

気合いを入れて用意したデートコーデを見られたら詮索されるに決まってるし、待ち合わせ時間にも遅れてしまうかもしれない。そのリスクを思えば、制服にコートのまま行くのも選択肢にあったけど、やっぱりデートにはちゃんとした服で臨みたかった。

今日は水斗と、ホワイトデーのお返しデート。

期末テストに卒業式と、生徒会の繁忙期を抜けたお祝いも兼ねているらしい。こういうイベントを水斗から提案してもらえると、ああ、私たち本当に付き合ってるんだなあ、と感慨深くなってしまう。

私たちは二人で出かけるとき、普段の生活圏から離れた場所を待ち合わせ場所にする。お母さんたちはもちろん、学校の人たちに見つかるのも都合が悪いからだ。いざというときはきょうだい仲がいいってことにして誤魔化しきるしかないけれど、いざというときはできれば来ないほうがいい。

烏丸《からすま》御池《おいけ》から電車に乗って、三条《さんじょう》駅へ。ほんの数分だから勿体《もったい》ない気がするけど、今日の費用は水斗が出してくれるらしい。変な遠慮をしないのも、奢《おご》られる側の甲斐性《かいしょう》というものだ。

……まあ、あの男、東頭さんの家庭教師で稼いでるらしいしね。浮気料としては安いくらいだ。

電車の中で水斗に連絡を入れる。

〈もうすぐ着く〉

電車を降りた頃に返事が来た。

〈ブックオフで時間潰してる〉

待ち合わせにムードがない。でも水斗らしいか。

地下鉄の改札を出ると、そこから直接エスカレーターを上がり、階上にあるブックオフに向かった。この駅ビルは一階から三階まで全部ブックオフだけど、水斗がいる場所は大体想像がつく。

三階の文庫コーナーに行くと、見知った後ろ姿を見つけた。

近付いて、控えめな音量で声をかける。

「お待たせ」

「ん」

水斗はちらっと私を見て、手に持っていた文庫本を棚に戻した。

「いいの？」

「書き込みがあった」

「あー……」

古本ではたまにあることだ。

「どんな？」

「見ないほうがいいな」

「なんで？」

「小学生の下ネタ」

「ああー……」

それも覚えがある。図書室の辞書とかで……。

「とりあえず出ようか」

どこであれ、書店は立ち話をするには向かない。私たちは静かな店内を出た。

駅ビルの外に出て、横断歩道を渡ると、三条大橋に差し掛かる。玉ねぎのような形の擬《ぎ》宝珠《ぼし》が等間隔に乗っかった木製の欄干に沿って、鴨川《かもがわ》を繁華街方面に渡っていく。

「中学の頃から思ってたけど」

その途中、不意に水斗が言った。

「僕には街で遊ぶ才能がない」

「……うん。なんとなくわかってた」

私は苦笑いする。

そもそも当時の私たちのデートには全然パターンがなかった、というのは再三再四に亘《わた》って語ってきたと思うけど、水斗のほうは特に、街に繰り出すという行為自体に興味がなさそうだった気がする。

繁華街に二人で出かけたとして、どうやって遊べばいいのかわからない。

というか、遊んだとしても、何が楽しいのかわからない――家で本でも読んでたほうがずっと面白いんじゃないか？

彼女の手前、もちろん口には出さなかったけど、家族として一年近くも過ごした今ならわかる――こいつは絶対、心の奥ではそう思ってた。

「水族館は結構楽しんでた気がするけどね」

「あれは……水族館のほうが優秀だったんだろ」

そういうことにしておこう。実際、『魚を見る』って確固とした目的がある分、楽しむ難易度は低いと思うし。

「とにかく、僕も一応、今日のホストとして、いろいろ考えてはみたんだが……」

「みたんだが？」

「諦めた。わからん」

デートプランの構築を断念する男。

なんと私の彼氏です。

「じゃあ今日はノープラン？」

「フレキシビリティを高くしたと言ってくれ」

「ふっふふ」

私が得意げに微笑《ほほえ》むと、水斗は不審そうな目をした。

「どうやら出たみたいね。この一年の過ごし方の違いが」

「……一応訊こうか。どんなマウントを取りたいんだ？」

「不出来な彼氏に私が教えてあげるわ。書店と図書館以外での遊び方をね！」

水斗は降参するように、「よろしく……」と力なく私のマウントを受け入れる。

そんな彼の腕を、私はさっと取りながら、

「水斗」

この一年で身に付けた自信を、笑みに込めた。

「今日は、楽しんでる私を見て、楽しんで？」

さっきよりもさらに降参するように、水斗は柔らかに頰《ほお》を緩めた。

アーケード商店街をそぞろ歩きながら、私たちは目に付いたお店に順番に足を踏み入れていった。

「どう？　この服。可愛《かわい》い？」

「君がそう思うんならそうなんじゃないか」

「ぶっぶー。違う違う！　あなたの好みを訊いてるの！　『あなた好みに染まってあげるけどいかがですか？』っていうのが今の読解の答え！　自分が好きなのなんか一人で勝手に買うわよ！」

「いつの間に国語のテストになったんだよ」

と言いながら、「それなら」と水斗は別の服を手に取り、私の肩に当てた。

「これとかいいかもな」

「これ？　……ちょっと好み変わった？」

前の水斗は、いかにも女の子女の子した、清楚《せいそ》なデザインが好みだったはず。けど今、私の肩に当てられているのは、暁月さんがたまに勧めてくるような、落ち着いたデザインのカットソーだった。

「まあ背も伸びたしな。昔と同じのは勧められないだろ」

私はすうーっと目を細めて、水斗の顔をじいっと見つめた。

水斗は視線にたじろぎ、

「な……なんだ？」

「教えておいてあげる。……ファッションセンスが急に変わると、他の女の影を感じちゃうから。少なくとも私は」

水斗はそっと気まずげに目を逸《そ》らす。

「やっぱり東頭さんだ」

「いや……ちょっと言い訳を聞いてくれ」

「どうぞ？」

「あいつの絵の資料集めで、女子のファッションを調べる機会が増えたんだ……。それで、その……君にはどういうのが似合うかな、とか考えたり……」

「ふう〜ん？」

珍しく弱り切った水斗の表情を存分に楽しんでから、私は口の端を上げた。

「まあ許してあげる。私のことをいっぱい考えてくれてたってことだもんね？」

「……ああ、そういうことだよ……」

詰んだとばかりに溜《た》め息《いき》混じりな声に、私はさらににまにまと笑う。

「でも、デート中に他の女の影を見せるのはご法度だからね。よく肝に銘じておくこと！」

「君が勝手に見てくるのにどうしろっていうんだ」

「がんばれ」

「理不尽な……」

くすくすと笑ってからかうと、私は勧められたカットソーをその場で買った。水斗が代金を出そうかって言ってくれたけど、これをホワイトデーのお返しとするのはちょっともったいない。

「次はこのカットソーに合うボトムス探しに行こうかな」

「割と何にでも合うんじゃないか？」

「そうだけど、せっかくなら上下揃《そろ》えたいじゃない？」

軽く小首を傾《かし》げて、私は言った。

「自分で選んだ服だけ着た彼女、見たくないの？」

「……………ほんと、小賢《こざか》しくなったよな、君は」

「垢抜《あかぬ》けたって言ってほしいなあ」

彼氏が垣間《かいま》見せるほのかな征服欲を楽しみながら、私たちは商店街を歩いていった。

私たちは同じ屋根の下で過ごすカップルだけれど、同棲《どうせい》カップルとは根本的に違う。なぜって、一緒に暮らしている両親に関係を隠しているんだから、むしろ家の中ではイチャつくことはできない――かと言って、外の公共空間でベタベタすることもできない。

では、私たちの逢引《あいび》き場所として、最も適しているのはどこか。

この二ヶ月半で、その答えはすでに出ていた。

ネットカフェのカップルシートである。

「なんか複雑」

フラットシートで体育座りをする私に、水斗は個室のドアを閉じながら、

「何が？」

「ネカフェで会おうっていうアイデアも、東頭さんと来たことがあるから思いついたんでしょ？　すぐに東頭さんの影がチラつくこの状況に、私は忸怩《じくじ》たるものを覚えています」

水斗は苦笑いと愛想笑いの合体みたいな、中途半端な表情をした。

そのまま私の隣に座り、

「僕としては誠意をもってその愚痴を受け入れるしかないが……予算的にも条件的にも、これ以上の場所はないだろ？」

「そうなんだけどお～」

ぶすっとしてみせる私に、水斗は軽く肩をぶつける。

「いさなと来たのは一回きりだ。君と来たのはこれで三回目だろ。もう君が勝ってるよ」

私は押し返すようにして、水斗の肩にもたれかかった。

水斗はそんな私を支えるように、背中に手を添える。

──東頭さんにしたことは、私にも。

そんな子供みたいな約束を、水斗は律儀にも、守ってくれているのかもしれない。

だとすると……私は自然と、思い出してしまう。

実は以前、東頭さんから詳しく聞き出してしまったのだ――水斗と東頭さんがネカフェに来たときのことを。

そこで起こった、ちょっとした事故のことを。

「…………………」

私はちらりと、水斗の横顔を盗み見る。

水斗はそんな昔のこと、さっぱり覚えていないかのように、前にあるマウスに手を伸ばしてPCを起動した。

「何か見るか？」

私は思わず、少し身を引く。

身を乗り出した水斗の腕に……私の胸が、触れてしまいそうだった。

「ん……うん。じゃあ、何か適当に……」

私だけが意識したまま、小さな密室での時間が進んでいく。

ネットカフェでするのは本当に他愛《たあい》もないことだ。パソコンで動画を見たり、持ち込んできた小説を読んだり、もちろん漫画を読むこともある。

昔、中学時代に図書館でやっていたことを、もっと近く、もっと自由にしたような時間だった。

必ずしも、会話があるわけじゃない。

家族としても過ごしている私たちにとって、沈黙は恐怖じゃない。

ただただ、人目を気にせずに、自分に素直に過ごす――それだけの時間だった。

……だからこそ。

だからこそ――恋人で、密室じゃないと、できないことも……できるわけで。

いやいや、もちろんいやらしいことはしちゃいけないいって知ってるけど。防音も大したことないし、小声じゃないと聞こえちゃうし。……でも、まあ……こんなに狭くて、こんなに近かったら、そりゃあ、事故の一つや二つは起こっちゃうわけで……。

「………………」

水斗の顔をちらちら窺《うかが》いながら、……そっと、手を重ねる。

水斗はちらりと私の顔を一瞥《いちべつ》した。……それから、ゆっくりと、重ねた手を握り返してくれる。

このくらいなら……大丈夫。

お尻を少し横にずらして、さらに肩をくっつける。そして、もたれるってほどでもなく、ほのかに体重を水斗にかけた。

まだ大丈夫……まだ大丈夫……。

握り合っていた手を、ゆっくりほどく。そしてその手を、水斗の腰へ遠慮がちに回した。

こういう風にしてほしいって……言外に、ねだるみたいに……。

「…………」

「…………」

言葉もなく、空気だけで、私たちは意図をやりとりする。

やがて、やっぱり遠慮がちに、水斗の手が私の腰に回った。背中側からそっと脇腹に手を添え、抱き寄せるように軽く力がこもる。

……大丈夫。

まだ、きっと、大丈夫。

私がほんの少し、姿勢を崩したら、水斗の手の位置がズレて……胸に当たってしまうかもしれないけど。

それは、ただの事故だから……大丈夫……大丈夫……。

水斗の手が、少しずつ上にズレていく。

それはやがて、服の上から私のあばらをなぞり……そして、胸の膨らみの下端へと――

「――あ」

不意に水斗が声をあげて、私はびくっと震えた。

「ど、どうしたの？」

「そろそろ時間だ。……どうする？」

水斗に見つめられて、私はまごついた。

どうするって……言われても。
延長して、って言ったら、するの？
延長して、どうするの……？
「…………ううん」
私は首を振った。
「そろそろ帰ろ。お母さんたちも帰ってくるし」
「……そうだな」
そう言って、水斗は私から手を放し、片付けを始めた。
私はひっそりと溜め息をつく。
どうせ、ここでは限界があるんだし。……ここでは。どこだったら？
熱くなった脳味噌《のうみそ》に過《よ》ぎるものを、軽く頭を振って追い出す。
そんなことばっかり考えて、私はいつからこんなにいやらしくなったんだ。
いつかは、……そりゃ、……だけど。
それは、今じゃないし……ここじゃない。
だったら、いつ？　どこで？
その疑問に、私はいつまでも答えを出せないでいた。

お母さんたちが帰ってくる、晩飯時までに帰る。

それが私たちのデートのルールだった。

三月だけど、まだ日は短く、空はほとんど夜になっている。夏になったら今度は、まだ明るいうちに帰路に就くことを、きっと名残惜しく感じるんだろう。

家でも私たちは一緒にいられる。でもそれは恋人としてじゃない。家族の私たちは、手も繋《つな》がないしキスもしない。肩でもたれ合うこともしない。

そのことを、日に日にもどかしく思っている自分がいた。

ああ、本当に際限がないな、人間の欲というものは。こんなにも幸せなのに、それに慣れたらもっともっとと求めるようになる。

どこまで辿《たど》り着けば、私は満ち足りるのだろう。

ゴールがないのだとしたら、こんなに絶望的なことはない。どんなに想《おも》い焦がれた幸せも、手に入れたときには当たり前になって、思ったほどのものではなくなってしまうんだとしたら。

恋愛というものは、どこまで奥があるんだろう。

死ぬまでずっと焦がれる何かが見つけられるほど、奥の深いものなのだろうか……。

「結局、無難に落ち着いたな」

水斗が手に提げた袋を見下ろしながら言った。

「ホワイトデー。もっといいものを欲しがっても良かったのに、結局クッキーセットか」

「いいじゃない。家で堂々と食べられるし」

水斗が側《そば》にいてくれたら、それだけで充分――

なんて言えるほどに、私は欲の浅い人間ではないらしかった。

ぽつぽつと歩いていく私たちの周りに、繁華街のネオンが舞っている。

今まで、気を付けて探したことはなかった。

だけど、よく探してみれば、きっと一つや二つ、見つけられるのだろう。私たちが人目を気にせず、大人になれる場所が――家族でいないでよくなる場所が。

高校生の身でそういうところに入るのは、すごく問題だけど。

しかも生徒会役員の身でとなると、すごくすごく問題だけど。

……もうすでに、やらかしてる先輩がいるんだよなあ。

それを思うとさほど特別なことではない気がして、だったら、と思ってしまう私がいる。

手を繋ぎながら隣を歩く水斗に、私は心の中で囁《ささや》きかけた。

――ねえ。私と……したい？

声に出せないのは、きっと、卑怯《ひきょう》だと思っているから。

覚悟を水斗に任せて、自分が楽をしようとしているみたいで、据わりが悪いから。

自分から訊《き》いている時点で……答えなんか、決まってるくせに。

「……結女」

ふと、少し低い声で話しかけられて、ドキリと胸が跳ねた。

「ありがとう。楽しかったよ」

ああなんだ、と胸を撫《な》で下《お》ろして、私は微笑む。

「少しはわかった？　高校生の遊び方が」

「どうかな。一人とか、他の奴《やつ》――いさなや川波と一緒だったら、全然別の感想になっただろうと思うし」

水斗は夜の帳《とばり》が下りた空を仰ぐ。

「僕はこんな性格だから、いつまでも変わり映えしないけどさ。君がどんどん変わっていってくれるから、こんな僕でも置き去りにされないで済む。そんな気がする」

「置き去り？　……世界に？」

「カッコつけた言い方をすればな」

薄暗い書斎で、たった一人、『シベリアの舞姫』という誰も知らない本を読んで泣いていた男の子が――今は、私のおかげで、世界に。

「……それじゃあ」

私は繋いだ手にぎゅっと力を込めた。

「ちゃんと、捕まえておいてね。置き去りにされないように」

「ああ──そうするよ」

前言撤回。

水斗が側にいてくれたら、それだけで充分。

少なくとももうしばらくは、そう思えるような気がする。


──はずだったんだけど、事件は家に帰ってから起こった。


「……は？」

「……え？」

目が点になった私たちの前で、お母さんと峰秋《みねあき》おじさんがにこにこと笑っている。

理由はこうだ。

「ほら──もうすぐ結婚記念日だからね」

「春休みを使って、遅めの新婚旅行に行こうと思うんだ」

私たちの両親は、私たちに全幅の信頼を置いた目で告げたのだ。

「だから二人とも──わたしたち、三日ほど留守にするから」

「二人だけで、留守番を頼んだよ」

手を伸ばせれば君がいる

伊理戸水斗《いりどみずと》◆男の覚悟

家から遠く離れたコンビニの入口で、僕は意味もなく左右を見回す。

まっすぐ行けばおにぎりの棚に突き当たり、左に折れれば雑誌の棚がある。いつもはそういう認識でしかなかったはずの空間に、今日に限ってはどうしようもなく、存在感を放っている一角がある。

中学の頃——同じ目的で薬局を訪れたとき、その場所がわからなくて、広い薬局の中を二周もしたことを思い出す。

場所がわかってからも、目的の商品を手に取らずに、さらに二周も無駄に歩き回った。今から考えてみればいかにも不審で、当時の僕は万引き犯予備軍として目を付けられていたんじゃないかとすら思う。

今回は、あのときほどじゃない。

一周で済んだ。

別に欲しくもないペットボトル飲料を手に取って、そのまま雑誌棚へ。漫画雑誌を適当に一冊抜いて、読むでもなくぺらぺらとめくると小脇に抱えた。

そして。

至極自然な流れで、後ろに振り返る。

白いマスクが描かれた箱が、いくつも視界に飛び込んできた。目的のものはそれじゃない。下へ目線を下ろしていく。数秒、視界の中を探して、ようやくその存在に気付いた。

それは隠れていた。小洒落《こじゃれ》たデザインのパッケージで、まるで自分が衆目に触れるべきではないと知っているかのように、絆創膏《ばんそうこう》やウェットティッシュに紛れて身を潜めていた。

その小箱のパッケージが主張しているのは、0・01や0・02といった数値だけ。その数値の意味に気付くのは、確固たる目的を持ってこの場所に立った人間だけだ……。

僕はとりあえず、数秒間、棚の上のほうにあるマスクを眺めておいた。

それから意を決して、すっとスムーズに再び目線を下ろし、一番下の段にある小箱を見やる。

いくつか並んだ小箱の違いは、パッケージの数値と、何個入りかという表記だけ。前回、薬局で買ったときは、同じ値段なら多いほうが良かろうと十二個入りを買った。

だが、今にして思うとその判断はどうだろう？　同じ値段で少ないのなら、そっちのほうが品質がいいということに他ならない。どうせならいいものを使ったほうが、相手にとってもいいのではなかろうか？

しかし三個というのは……。単純計算で四倍の値段だし、もし（もし！）なくなったらまた買いに来なくてはならない。何度も買いに来て顔を覚えられないだろうか？　最悪の場合、途中でなくなって……。

もし、そのときの僕たちが、正常な判断力を欠いていたら？　想像するとぞっとした。もしそうなったら、取り返しのつかないことになるかもしれない。そのリスクを避けつつ、相手への敬意と気遣いを両立したいのであれば、どうやら選択肢は一つしかないようだった。僕は六個入りで約１０００円と表記された小箱に、手を伸ばす――

――本当に、必要なのだろうか。

小箱に触れる寸前、そんな疑問が脳裏を過ぎった。

明日から、父さんと由仁《ゆに》さんが旅行に行く。

二日半もの長きに亘《わた》り、僕と結女《ゆめ》は家に二人っきりになる。

だから、必要かもしれないと思った。中学時代に購入したものは、約一年前、あるときを境に机の引き出しから消失していた。

だが、本当に必要なのだろうか？

前に準備したときは、完全な空振りに終わったのに？

――――いや。

僕は小箱を手に取った。

実際に必要になろうとなるまいと、僕はこれを持っておかなければならない。

それが僕の覚悟であり、責任なのだ。

楽観的な観測をして易《やす》きに流れる、お子様な考え方は、中学で卒業したはずだ……。

そして僕は、手に取った――避妊具の箱を、小脇に抱えた雑誌の裏に隠した。

堂々とレジに持っていく覚悟は、まだできていない。

伊理戸結女◆女の覚悟

……買っちゃった。

私は自分の部屋で、新品の衣類をベッドの上に広げていた。

衣類は衣類でも、普段、そのデザインを気にする必要はない。なぜなら他人に見せることがないからだ。もちろん可愛《かわい》ければテンションは上がる。けれどそれは自分だけのことであって、それを他人に見せびらかして悦に入る機会は、少なくとも今までの私には存在しなかった。

ランジェリーである。

下着ではない。これはランジェリーだ。ブラとショーツで一揃《ひとそろ》いのこれを見れば、きっと百人中百人がそう言うだろう。これはランジェリーだ。

いつもはほとんど着けない黒を基調としたそれは、複雑な花柄の刺繍《ししゅう》で飾られている。それだけならちょっとお高そうな下着というだけだけど、これをランジェリーたらしめているのは、カップの上部やショーツのサイドを構成しているシースルーのレースだ。

肌色を透かし見せるそれは、明らかに着用者の気分を高めるためだけにあるのではない。下に隠した裸体を蠱惑的《こわくてき》に垣間見《かいまみ》せ、食虫植物のごとく獲物を誘引する――そう、異性に見せるためのものなのだ。

勝負下着、と人は言う。

必要かもしれない、と前々から思ってはいた――何せ私と水斗は同じ家で暮らしているんだし、ふとしたときにお母さんたちがいなくなって、そういう雰囲気にならないとも言い切れない。だけど、わざわざこんなの用意するなんて期待してるみたいで恥ずかしいし、生徒会も忙しかったからとりあえず今はいいか――という感じで今日まで来てしまった。

そんな私に、まるで〆切《しめきり》を告げるように、お母さんたちの旅行が決まったのだ。

買うしか……なかった。

ここで日和《ひよ》ったら一生後悔するかもしれないと思うと、『と、とりあえず準備だけしておこっかな！』とならざるを得なかった。どんなものを買うべきか、検討だけは前々から繰り返してあったので、ランジェリーショップでは意外なほどに悩まなかった。服の上から試着したときには、その大人っぽさに人知れずテンションを上げたものだ。

その興奮が過ぎ去って今——私は、未曾有の不安感に包まれている。

これが、ここにあるって、ことは。

近々、私、そうなるってことだよね？

何を言っているのだこの女は。だから準備したんだろう。そんな正論がどこからともなく聞こえてくるかのようだ。でも、でも、こうして物質として予兆が現れてしまうと、急に現実感がなくなるっていうか。『え？　ほんとに？　妄想じゃなく？』という現実逃避が止まらなくなってしまうのだ。

巷《ちまた》から漏れ聞こえてくる噂《うわさ》によると、私は『生徒会の清楚《せいそ》担当』らしい。

ちなみに紅《くれない》会長がクール担当で、亜霜《あそう》先輩があざとい担当で、明日葉院《あすはいん》さんがツンデレ担当らしい（デレたところ見たことないくせに）。くだらない噂話《うわさばなし》ではあれど、周りからそう見られていると思うと意識してしまうもので、清楚っぽい立ち振る舞いを心掛けてしまう私もいた。

そんな私が——ついに？

「…………………」

にわかに緊張が全身に漲《みなぎ》り、私はぷるぷると震えた。

いやいや。いやいやいやいや。意識しすぎなのだ。自意識過剰なのだ。お母さんたちがいない日なんて、今までにも何度もあった。でも何もなかったじゃない。

こんなランジェリー——いやさ下着も一着くらいあっていい。用途は特に定めないけれど、とりあえずあってもいい。それだけのことだ。それ以上でも以下でもない。そうとわかったら、この下着は綺麗《きれい》に畳んで箪笥《たんす》に仕舞《しま》っておこう。とりあえず。

黒いスケスケが視界から消えると、少しだけ緊張が解けた。やれやれ。まだお母さんたちは家にいるというのに、これでは不審がられてしまう。いつも通り過ごせばいいのだ。私たちが家族になってから、もう一年——一年も、家族としてやってこられたのだから。

そう考えながら一階に降りると。

「ただいま」

ちょうど水斗が、玄関に入ってくるところだった。

「あ。……おかえり」

「うん」

どうにかいつも通りに挨拶をすると、水斗は軽く肯《うなず》いて、私の横を通り過ぎる。

そのとき、水斗が小脇に抱えているものに、私は注意を惹《ひ》かれた。

……漫画雑誌？

普段はあんなもの、買ってこないのに——

その疑問が、私にそれを気付かせた。

水斗のコートのポケットに、何かが入っている。

少し膨らんだ口から覗《のぞ》くそれは、見覚えのあるデザインの——小箱。

——あれは。

——約、一年前。

——私が、ゴミ袋に放り込んだ。

「…………………」

耳の奥で、鼓動が爆発する。

そっか。

そっか。

——するんだ。

伊理戸水斗◆一日目・その1

「それじゃあ行ってくるわねー」

「行ってらっしゃい。楽しんできて」

「何かあったら連絡してきていいからな、水斗」

「いいから。気にしなくていいよ」

行ってきまーす、と改めて言いながら玄関を出ていく父さんと由仁さんを、僕と結女は揃って見送った。

バタン、とドアが閉じる。

話し声と足音が遠ざかって、そして消え去ると、結女は緩く振っていた手をゆっくりと下ろした。

「…………」

「…………」

徐々に万力で締め上げられていくような沈黙が、玄関に満ちる。

今日から丸二日以上、僕たちはこの家で二人っきりで暮らす。

人目は一切ない。

話し声を聞かれることや、一緒にいるところを見られることを警戒する必要は一切ない。

何をしようとしても——

——父さんたちに見つかりそうになって、慌てて中断するなんてことも、起こり得ない。

どれだけアクセルを踏んでも、ストッパーに止められることはない——

「…………」

「…………」

ギギ、と床板が軋《きし》む音がした。

たぶん、結女が体重を片足に預けた音だった。

そんな音すら大きく響き渡って聞こえるほど、僕の五感は過敏になっていた。

……何を、すればいいんだ？

もう一年も一緒に暮らしてきたのに、どうすればいいのかわからない。

とにかく、この沈黙は危険だった。続けば続くほど雁字搦《がんじがら》めになって、ますますどうすればいいのかわからなくなる――

「――なあ」

ようやくの思いで口を開いた、そのときだった。

カチッ、という音が脱衣所のほうから聞こえてきて、僕たちは小さく肩を跳ねさせた。

たぶん……洗濯機の運転が終わって、蓋のロックが外れた音だ。

「わっ……私！」

結女が焦ったように声を上擦らせて言う。

「洗濯もの……畳んでくる」

そして逃げるように、早足で脱衣所の中に入っていった。

逃げるように――というか。

逃げられた？

結女の背中が消えた脱衣所のドアを見ながら、僕は思う。

もしかしなくても……警戒されてる、よな？

伊理戸結女◆一日目・その2

「なあ……」

「ご、ごめん！　今ちょっと！」

「今いいか？」

「あっ……か、買い物行くから！」

「おい」

「あー！　電話がー！」

……………逃げてしまう。

せっかくの二人きりなのに、逃げてしまう。

やってみたかったことがいっぱいあったはずなのに、話しかけられただけで緊張に耐えられなくなって逃げてしまう。

まだ日も高いんだし、いきなりそんな展開にはならないってわかってるはずなのに……

今夜にはきっと、って思ったら、どうしようもなく意識しちゃって……。

こんな調子で大丈夫なの？　夜になったらちゃんと水斗のほうから誘ってもらえるの？　でもどうやって？　どんな風に？

ほんの半日先のことが想像もできなくて、際限なく不安が膨らんでいく。

……こんなことを考えても、もしかしたら杞憂《きゆう》かもしれないのだ。いつも通りの自意識過剰で、考えすぎで。昨日、目撃したあの小箱だって、ポケットの小さな口から垣間見え《かいまみ》ただけでしかない。もしかしたらお菓子か何かの箱だった可能性も――

「なあ」

ネガティブ思考でかえって落ち着いてきた頃、リビングでスマホをいじっていた私に水斗が話しかけてきた。

よし、今度こそ逃げない。落ち着いていつも通りに話せばいいだけなのだ。

「なに？」

そうだ、これでいい。普通にしていればいいんだ。今夜何かあるって決まったわけじゃないんだから――

「――爪切り……どこにあるか知ってるか？」

爪切り？

なぜかわけもわからず、その単語に引っ掛かりを覚えたものの、この時点ではその引っ掛かりの正体に思いが至らなかった。

「爪切りなら、確か……」

ドアの横にある小さな簞笥を開けて、爪切りを見つけ出すと、「はい」と水斗に渡した。

「ありがとう」

それを受け取る水斗の手を、私は見る。

ほんの一瞬のことだったけど、私は気付いた。

──爪……そんなに伸びてないように見えるけど。

いつもは面倒臭がって、だいぶ長くなるまで放置するのに……。

思考よりも先に、鼓動が跳ねた。

──爪を、短くしておく。

そっか。

そういえば……そういう準備も……あるんだっけ。

「ね、ねえ」

背を向けた水斗を、私は思わず呼び止めていた。

「爪切り……終わったら、私にも貸して」

勘違いじゃない。

自意識過剰ではないのだ。

伊理戸水斗◆一日目・その3

平静を装って読書に勤《いそ》しんでいたら、夜になっていた。

今日はいつも嬉々《きき》として夕食を作ってくれる由仁さんがいない。そわそわとするばかりで、食事について何も結女と話し合っていなかったなと思って、僕は一階に降りた。

リビングの戸を開けると、バムン、と冷蔵庫のドアが閉じる音が聞こえた。

「……あ」

キッチンの中で、結女が振り返る。

その腕の中には、いくつかの野菜や豆腐、冷凍食品などが抱え込まれていた。

僕がキッチンのほうに歩いていくと、結女は抱えた食材をシンクの横に置きつつ、

「あの……ご飯、作ろうと思って……。って言っても、お味噌汁《みそしる》くらいだけど……」

「……米は？」

「あ……炊いてある」

僕は保温になっている炊飯器を見やりつつ、結女の隣に立つ。

「手伝うよ」

「あ……ありがと」

「自分の分もあるんだから、当然だろ」

この一年間で、結女の料理スキルは僕と変わらない程度になった。任せてしまっても問題はないけど、ここで任せきりにしてしまうのは、亭主関白ぶっている気がして心地が悪い。

結女の横に並び、しばらく無言で作業に勤しんだ。

そしてできあがった味噌汁、サラダ、冷凍のハンバーグをダイニングテーブルに運び、結女にご飯をよそってもらって席に着く。

結女も律儀に着けていたエプロンを脱ぐと、いつもは由仁さんが座っている椅子の背もたれに掛け、僕の正面に座った。

「いただきます」

丁寧に手を合わせる結女を見て、僕も箸を取った。

しばらく、カチャカチャと食器の音だけが鳴る。

……沈黙が痛い。

基本的に沈黙を苦にしない僕も、今日ばかりは居心地が悪かった。だって、この食事が終われば、風呂に入って、そして——夜になる頃には覚悟が決まっているはずだと思っていたのに、全然そんな気配がない。

僕はリモコンを手に取り、テレビの電源を入れた。大して見たことのないバラエティの明るさが、ひどく心強く感じた。

「……ねえ」

　ＢＧＭの効果か、結女が遠慮がちに口を開く。

「明日……何か予定、ある？」

「……いや、別に」

「そっか……」

「……そっちは？」

「私も……特に」

「そうか……」

「…………………」

「…………………」

　会話が弾まない。

　別に僕たちは普段から、家の中で頻繁に話すほうではない。何なら付き合っていた中学時代ですらそうだ。だから会話がまったく弾まない今も、別に異常事態ってわけではないはずなのに、なぜか今日に限っては恐ろしく気詰まりだった。

　何も話さないから、食事ばかりが進む。

　ハンバーグもご飯もあっという間になくなって、空腹が満たされた。こうなってしまうと、同席する大義名分もなくなってしまう。

先に食べ終わった僕は、悪足掻《わるあが》きとばかりにちんたら食器を洗ってみたが、それにも限界があった。

「それじゃあ……」

遅れて食べた食器をキッチンに持ってきた結女に、思わず別れを告げかけ。

あー、と意味のない声で尺を稼いだ後に、言う。

「風呂……洗っておこうか」

「あ、うん……。お願い」

肯《うなず》いて、結女から離れ、リビングを出る。

……これ、大丈夫か？

伊理戸結女◆一日目・その4

「……はあ～」

熱々のお湯に肩まで浸《つ》かり、私は疲れのこもった息を天井に吐く。

何もしてないのに、緊張の一日だった……。受験の日より緊張したかもしれない。

でも、本番はこれからなのだ。

緊張した身体《からだ》をお湯でほぐすと、私は湯船から上がり、鏡の前に立つ。

鏡の曇りを、手で拭い取った。曇りの隙間から垣間見えた自分の裸を、改めて検分する。

大丈夫……よね？

お腹《なか》周りに余計な肉もついてないし、下着の跡とかも残ってないし――この日に向けてケアしてきた甲斐《かい》があったというものだ。

……あとは……。

私は自分の顎の下にある、山なりの膨らみを見下ろす。

実はこの一年で、ちょっと大きくなった。

ブラのカップサイズで言うと、一年前はC～Dくらいだったのが、今は主にEカップのやつを着けている。トップバストも、年度初めの身体測定では81センチだったのが、この前ランジェリーショップで測ってもらったところ、なんと85センチになっていた。

東頭《ひがしら》さんの98センチという衝撃の数値に比べれば普通だけど、私はアンダーバストが細いほうらしく、店員さんにも大層羨ましがられたものだ。

たぶん、世間一般的にはかなりいい感じ……だと、思うんだけど……。

……周りがHカップとか、F60とかだからなあ……。

鏡の中に、しかつめらしい顔をして、自分のおっぱいを揉《も》みしだく女が一人。

私が自信を持つことを、世界が拒んでいるのだろうか。本来なら調子に乗りまくっていてもおかしくないスタイルのはずなのに、周りが異常すぎてイキる気になれない……。そして、その異常な二人が今のところ一番、彼氏ができる気配がないっていうのがまた皮肉だった。

あの東頭さんのを見慣れている水斗に、果たして私のコレで太刀打ちできるのか……。

無理じゃない……？　無理かあ……。

悪足掻きのバストマッサージをした後、タオルにボディソープをつけて身体を隅々まで丁寧に磨いた。私には私の良さがある。そう信じるしかない。

それから時間をかけて髪を丁寧に洗うと、「……よし」と呟《つぶや》いてシャワーを止めた。

今夜……ついに私は、大人の階段を上る。

二年前にやり残したことを、やっとやり遂げるのだ。

覚悟はできている。

さあ来い!!

「…………………」

ドキドキ。

ドライヤーで髪を乾かす。

「…………………」

ドキドキ。

水斗がお風呂から上がってくる。

「…………………」

ドキドキ。

部屋の前でおやすみを言う。

「…………………」

ドキドキ。

ふかふかのお布団に包《くる》まる。

「…………………」

あれー？

真っ暗な天井をギンギンに冴《さ》えた目で見上げながら、私は疑問を迸《ほとばし》らせた。

何事もなく床に就いちゃったんだけど？　あれ？　なんで？　なんでー？

今日じゃなかったの？　生徒会清楚《せいそ》担当の看板を下ろす日は？　夜が深まったらそこはかとなく合図があって、なんとなく自然に押し倒されると思ってたのに！

……ん？

そこはかとなく？　なんとなく？　自然に？

具体性ゼロ。

そうか。そうか。そうだったのか。私はアホだった。こんなことにも気付かなかったなんて。

普通のカップルなら、同じ部屋にいる時点で、何かしらの合意が形成されている。同棲《どうせい》カップルなら、大体の場合はそういうことも経験済みで、そうなるときの合図みたいなものも固まっているんだろう。

私と水斗には、その両方がない。

同居しているのが当たり前で、かといって経験値もなく、合図らしい合図も定まっていない――いつでもできる状況だからこそ、いつすればいいのかわからない。

そう。

私たちには――タイミングを示し合う方法がない！

どちらかが『エッチなことがしたいです』と言い出さない限り！

伊理戸水斗◆二日目・その0

ヘドロのようにこびりつく眠気を抱えたまま、僕は朝を迎えた。

……何も……なかった。

色っぽい雰囲気になることもなければ。

結女が夜這《よば》いをしかけてくるといったことも、まったくなかった。

当たり前だ。

同居していて、親がいなくなったからといって、自動的にそういう流れになるわけじゃない。

意思を示さなければ。

あるいは、意思を示してもらわなければ。

何も始まるわけがないのだ。

しかし――そう。

自明の理だった。

――『エロいことがしたいです』と自分から切り出すのは、恥ずかしい。

できれば。

そう、できればでいいんだ。

向こうからそういう空気を――ＯＫサインを出してくれたら、僕も乗りやすい。

それがなかったらガッついてるように見えるだろうし、あいつが普段から口にしている『ムッツリスケベ』なる誹謗《ひぼう》中傷も肯定することになってしまう。

つまり――

伊理戸結女◆二日目・その0

――自分から誘ったら、負け。

勝負下着を洗面器で丁寧に手洗いしながら、私は初めてルールを理解する。

清楚担当のプライドをかけて、自分から誘うような真似《まね》はできない。普通に恥ずかしい。

ゆえに私は、あの男から引き出さなければならないのだ――『エッチなことがしたい』

という言葉を！

これはそういうゲーム。

人生にたった一度の初体験を、どちらの優位で進めるか。

今後、一生に亘《わた》って影響するであろう戦いがすでに！　始まっているのだ――!!

伊理戸水斗◆二日目・その1

寝間着から部屋着に着替えると、僕は一歩一歩、踏み締めるように階段を降りていく。

その歩みの一つ一つに、僕の決意が宿っていた。

今まで僕たちは、くだらない意地の張り合いを幾度となく繰り返してきた。『きょうだいルール』なんていうしょうもないマウントの取り合いを筆頭に、如何《いか》に自分に気がないか、如何に相手に気があるか、それを白日の下に晒《さら》して優越感を得ようという不毛な争いを、一つ屋根の下で繰り広げ続けてきた。

これが、最後の戦いとなろう。

今夜僕たちは、男女が当たり前に隔てている壁を、ついに取り払う——それがどちらの功績によるものだったのか、その結果は、僕らの今後の運命を占うだろう。

中学の頃から、僕は結女の一歩先を歩いているつもりでいた。

それが今や、彼女は生徒会役員で、僕は一介の生徒——しかし、肩書きなどは何の意味も持たないということを、彼女に教えてやらなければならない。僕はまだまだ、君の後塵《こうじん》を拝しているつもりはないと、突きつけてやらなければならない。

君の彼氏は、まだ君の憧れであり続けるつもりだと——証明しなければならない。

ゆえに僕は、簡単に欲望を見せたりはしない。

一生に一度の思い出を——若気の至りと呼ばせはしない。

磨《す》りガラスがはめ込まれた戸を、威勢よく横に開く。

もう朝とも昼ともつかない時間。優等生の結女はとっくに起きていて、ソファーで本を読んでいた。

僕に気付くと顔を上げ、

「おはよう」

と短く告げると、また本のページに目を落とす。

僕も「……おはよう」と返すと、キッチンのほうに向かった。食パンを二枚出してきて、トースターの中に並べる。タイマー五分。

その間に冷蔵庫から水を出して、喉を潤しながら、横目で結女の様子を見やった。

澄ました顔をしているな……。人の気も知らないで。

チーン、とトースターが音を立てると、僕は皿に二枚のトーストを載せて、ダイニングテーブルに運んだ。それから、冷蔵庫からバターを持ってくる。

バターをきつね色のトーストに塗り広げて、かぶりつく。

同時に、片手でスマホをいじった。いさなのアカウントをチェックしておこう。

しばらくそうしていると、

「ねえ」

という声が、ソファーのほうから不意に飛んできた。

「ん？」

訊《き》き返しながら見ると、結女は身を捻《ひね》って顔をこっちに向けていた。

「今夜、どうする？」

心臓が跳ねる。

今夜……と、いうのは。

「ごはん」

続いた言葉に、一気に緊張が霧散した。

なんだ、晩御飯の話か……。

「別に……作ってもいいし、出前を取ってもいい。食費は父さんからもらってる」

「じゃあ作ろっか」

「なんでわざわざ？」

「せっかくでしょ？」

「それだけ？」

「せっかく出前を取っても、あなたと二人じゃパーティ感ないし」

そっちの『せっかく』か。

「めんどくさいな……」

「任せてくれてもいいけど？」

「まだ不安だ」

「信用ないなあ」

こんな大事な日が腹痛で終わる、なんてオチは勘弁願いたい。

「じゃあ、あとでお買い物行こ？」

「材料ないのか？」

「あるけど、何が作れるのかわかんない」

「カレーか炒飯《チャーハン》なら何とでもなるだろ」

「独り暮らしの男みたいでやだ！」

「何を見栄《みえ》張ってんだか……」

「可愛《かわい》い彼女の向上心を褒めてほしいんだけど」

不服そうに唇を尖《とが》らせる結女に、僕は鼻を鳴らした。

「まあいいよ」

「うん？」

「荷物持ち兼アドバイザーとして付き合う」

「いつまで上級者ぶってられるかしらね」

それを最後に、また結女は手元の本に目を戻した。

僕も程なくトーストを食べ終えて、リビングに留《とど》まる理由がなくなる。

……いやに普通だったな。

こいつ……この状況を、ちゃんとわかっているのか？

伊理戸結女◆二日目・その2

私にはアドバンテージが一つある。

一昨日《おととい》、私は水斗がポケットに避妊具を忍ばせていたのを、確かに目撃した。しかし！

水斗のほうは、私が目撃したという事実を知らない。

すなわち——水斗視点では、私が今日、その覚悟をしているかどうか、判断がつかないのだ。

相手が意識していることを、私だけが一方的に知っている。この状況においては、例えば私が思わせぶりな態度をしても、同時に気のない態度も織り交ぜて見せておけば、誘惑しているとは気付かれない可能性が高い！　私が飽くまで天然で、水斗の心を刺激しているという形にできるのだ。

水斗に気を持たせつつも、私から誘った形にしなくて済む。

もはや勝ち確と言っていいほどの巨大なアドバンテージ——これを活《い》かし切り、一日かけて水斗を煽《あお》る。

そして夜になったら一息に攻めかかり、一気に落とす！　これが最善手だ！

伊理戸水斗◆二日目・その3

部屋に引きこもっているだけではどうしようもないので、僕は理由を見つけては一階のリビングに降りていた。

リビングにはいつも、待ち構えているかのように結女がいたが、特に話す用もないので、僕はすぐに自室に取って返す。これがまるですごすごと引き下がっているかのようで、僕のプライドは若干の軋《きし》みを上げていた。

午後三時くらいになった頃、小腹が空《す》いたのを感じた僕は、それを理由として一階に降りた。昼食にうどんを湯がいて食べたのだが、少々消化が良すぎたようだ。何かお菓子でもあればいいのだが。

リビングには、やはり結女がいた。朝に読んでいた本は読み終わったのか、テレビをつけながらスマホをいじっている。すっかりリビングの主になってるな。

僕が間食を求めて戸棚を開けると、結女がこっちを向くのが視界の端に見えた。

「クッキー食べる？」

振り返ると、ソファーの前のテーブルに、皿に盛られたクッキーがあった。

「どうしたんだ、それ？」

「バレンタインのときに、ついでに暁月《あかつき》さんから習ったの」

「手作りか？」

ずいぶんと女子らしいことをする。

結女は苦笑して、

「普段はお母さんにからかわれちゃうから」

「ああ、なるほど……」

我が子が物珍しいことをやっていると、親は無遠慮に反応してしまうものだ。僕も中学時代、それが気恥ずかしくて彼女がいることを話していなかったようなところがある。

戸棚には特に目ぼしいものは見つからなかった。ここは素直にご相伴に与《あずか》るべきか。

僕がソファーのほうに近付いていくと、結女は少し横にズレて僕のスペースを空けた。

僕は素直にそのスペースに腰を下ろし、

「……ん？」

その瞬間、ポケットに入れていたスマホが震えた。

取り出してみると、着信画面には見慣れた名前があった。東頭いさな。僕は応答を押して、スマホを耳に当てる。

「もしもし。どうした？」

『もしもしー？　ちょっとご相談しようかと思ったことがありましてー』

「なんだ？」

確かエイプリルフール用のイラストはもうできたから、今は季節イベントに関係のないイラストを描いてるはず……。いさなが殊勝に相談してくるときって、大体ろくでもないんだよな。

『乳首が浮いちゃうんですよ』

「案の定か」

『わたしの話じゃないですよ⁉』

「わかってる。それで？」

所詮素人の身には胡乱《うろん》としか言いようのない話を、僕は辛抱強く聞く。

その最中《さなか》だった。

結女が不意に、隣からもたれかかってきたのだ。

「…………？」

『水斗君？』

「あ、いや……何でもない」

電車で居眠りするときのように、肩に頭をもたせかけてきた結女の顔を、僕はちらりと横目で一瞥《いちべつ》する。

結女は何か訴えるような目でこちらを見つめていた。

構ってほしいのか……？　いさなと話している最中なのに？　仕事中に邪魔してくる猫じゃあるまいし。

『ですからね、この女の子は家の中ではブラをしないんですよ！』

いさなの熱弁を片耳で聞きながら、僕は口パクで『はなれてくれ』と結女に言う。しかし結女は同じく口パクで『い・や』と言って、僕の手の甲をすりすり擦《こす》り始めた。

通話相手がいさなだからなのか……もしくは、今日だからなのか。

『耐久力無限のクーパー靭帯《じんたい》を持つ美少女というファンタジーを、今、わたしの心は求めているんです！　そのためにはさりげなく！　しかし明白に！　ノーブラであることを表現する必要があるんですよ！』

「いやだから、それなら肩紐《かたひも》の有無で……」

『うるさいですね！　乳首描かせろ！』

「結局それじゃないか」

話しながら、片手で適当に結女の相手をする。

そうしていると……事態は第二段階に突入した。

肩から滑り落ちるようにして、ころんと、結女が僕の膝の上に寝転んだのだ。

ちょうど膝枕をする形になった結女を見下ろすと、彼女はにやっと悪戯《いたずら》っぽく口角を上げる。

『乳首の浮いた女の子とイチャイチャしたいんですよ！　意識しないようにしてもどうしようもなく乳首に目が向いてしまう、そんな男子になりたかった人生なんですよ！　わたしみたいな健全絵描きがたまに描く乳首に価値があるんですよ！』

乳首乳首言うな。この状況で。

聞かれてはいないかと膝の上の結女の表情を窺《うかが》ったとき、結女が身を捩《よじ》り、テーブルのほうに手を伸ばした。皿のクッキーを一枚取ると、それを僕の口元に近付けてくる。

――あーん。

と口パクしてみせながら、結女はにやにやした。無視してもやめないだろうな、きっと。

仕方なく口を少し開けると、そこにクッキーが捻《ね》じ込まれてくる。甘い。口当たりは少々固いが、味は及第点と言えた。バリボリと咀嚼《そしゃく》する。

『……何か食べてませんか？』

「悪い。手元にクッキーがあったんで」

『人が真面目な話をしているというのに！』

まあ、いさな的には真面目な話なんだろうから、少し申し訳なくなった。イチャついているとしか言いようのない、この通話の向こう側の光景を見たら、いさなはもっと怒るに違いない。『人が妄想で満足しているというのに！』とか言って。

しかしもちろん、今の結女はいさなが語るような無防備系女子ではない。

トップスは家でよく着ている肩出しニットで、ボトムスは膝上丈のプリーツスカート。脚には見慣れた黒タイツを穿《は》いている。家の中とはいえ、まだまだ寒いこんな時期にいさながら言う状態になるような格好をしているのは、それこそいさな自身くらいだ。

　結女はどんどん皿からクッキーを取ってきて、僕の口元に運ぶ。僕はそれらを食べながら、放っておくと無限に妄想——もといイマジネーションを垂れ流しそうないさなに言う。

「わかった。飽くまでさりげなくなら許す」

『ホントですか⁉』

「あんまりブランディングを健全に寄せすぎると、将来、君が描きたい絵が描けなくなるかもしれないしな——ただし、女性ファンが引かない範囲で、だ」

『任せてくださいよ！　わたしだって生物学上は女ですよ！』

「だから心配してるんだが」

　ラフができたら送ります！　と言って、いさなは通話を切った。

　僕はようやくスマホを耳から離すと、依然として膝の上に寝転がっている女をじろりと見つめる。

「おい」

「バレなかった？」

　結女はくすくす笑う。バレても良かったんだけど、とでも言わんばかりだ。

「バレたらどうするつもりだったんだ」

「別にどうも？　付き合ってるんだし」

「でも、一応は真面目な打ち合わせをしてるんだから――」

「――だって」

　僕の膝の上で寝返りを打ち、結女は僕のお腹《なか》に鼻先を埋《うず》めるようにした。

「私だってたまには……東頭さんみたいに、ベタベタしたかったんだもん」

　そのしおらしい我《わ》が儘《まま》に、胸の奥が浮き足立つ。

　その感覚を僕は知っていた。萌《も》えとか尊さとか、あるいは愛《いと》おしさと呼ぶそれに、中学時代の僕は完璧にやられていたのだ。

　今はあの頃よりも、少しだけ捻《ひね》くれている。

　その感情を素直に顔に出すことはせず、僕は結女の髪を一房、軽く指で掬《すく》いながら、小さく呟《つぶや》いた。

「最近はそんなに、ベタベタしてないよ」

「前はしてた」

「そんなにか？」

「ここで映画見てたとき。東頭さんに膝枕して……」

「ああ……」

「あのときは、あなたが急に東頭さんのおっぱいを揉《も》み始めても、何事もなさそうな雰囲気だったんだから」

「それはさすがにあいつも怒るよ」

揉むなら揉むって言ってください、とかは言いそうだが。

結女はちらりと横目で僕の顔を見上げた後、ころんとまた体勢を変えた。

仰向《あおむ》けに。

降参した犬のように――両腕を広げて。

「……私は、……怒らないけど……？」

ニットを持ち上げる膨らみを、僕に委ねるような体勢に、しばしの間、息が止まった。

これは――もしかして。

そのときが、来たというのか。

いやしかし、まだ昼間だぞ？　いやいやでも、夜でなければしてはいけないという法律があるわけでもない。

……約一年前。

同居生活が始まったばかりの頃――結女がバスタオル姿で僕をからかってきたときのことを思い出す。

あのときはお互い、不意に頭がバグってしまって。まさにこのソファーの上で、越えてはならないラインを越えてしまいそうになった。

もしあのとき、タイミングよく由仁さんたちが帰ってこず、唇を触れさせていたら――

今の僕たちは、なかったに違いない。

「……嘘《うそ》つけ」

僕はまた、先送りにした。

「怒るだろ、君は——時と場所を選べ、とか言ってさ」

結女はしばらく僕の目を見つめた後、ふっと頰《ほお》を緩ませる。

「まあね。バレた？」

「わかるよ。一緒に住み始めて、もう一年だぞ」

「そうね。もう一年か——」

よっと、と結女は上体を起こした。

乱れた髪を手櫛《てぐし》で直しながら、さらにソファーから立ち上がる。

「そろそろ行かない？　買い物」

「ああ……スーパー、混むな」

僕も立ち上がると、「コート取ってくる」と言って、リビングを出た。

さっきのがただの冗談なのか、それとも本気だったのかは、まだわからない。

しかし——一つ、確認が取れた。

——時と場所を選べば、いいんだな？

伊理戸結女◆二日目・その4

「なに作る？」

「カレーか炒飯《チャーハン》か」

「もしかして、その二つしかレパートリーないの？」

「楽なのがその二つだってだけだ。料理にやたら時間をかけるのは勿体《もったい》ないだろ」

「言わんとすることはわかるけどね」

「じゃあ君は？」

「うーん……オムライスとかどう？」

「またベタな……」

「ベタって何よ」

「まあ最悪、ケチャップ味の炒飯になるか」

「卵載せるの失敗する前提で言わないでくれる？」

会議しながら、スーパーの中を回っていく。

一年前のように、変な緊張はもうしない。飽くまで家事の一環としてこなすだけ。

あの頃の私は、中学時代の自分を見下して大人ぶっていたけれど、今から考えてみれば充分初々しかった。失ったものに思いを馳《は》せながら、私たちはお肉コーナーに差しかかる。

「あ」

水斗がその前で立ち止まり、

「豚肉か……。生姜《しょうが》焼きとかでもいいな」

「あー……確かに美味《おい》しいけど……」

「どうした？」

……生姜って、匂い大丈夫なのかな？

初めての思い出がカレーだの生姜だのに浸食されてしまうのは、果たしてどうなんだ――それを言ったら、オムライスのケチャップだって同じだろうけど。歯を磨いたら大丈夫なのかなあ。

「ちょ……ちょっと待って」

私は通知が来たフリをしてスマホを取り出し、水斗に背中を向けた。

『生姜焼き　口臭』で検索……。

なになに？　生姜には口臭軽減の効果があり――え？　むしろ逆？

「ごめん！　ちょっと連絡来てて」

私はスマホを仕舞《しま》いながら、水斗に向き直った。

「良かったのか？」

「あ、うん。緊急じゃなかった――で、豚の生姜焼きだっけ？　いいんじゃない？」

「じゃあ豚肉買うぞ」

「うん」

むしろ今日という日にとってうってつけの料理だったとは……。本当に偶然？　もしかしてこの男、わかってて提案したんじゃ……。

豚肉を二人分買い物カゴに入れると、水斗は野菜コーナーのほうを見る。

「キャベツ、家にあったっけか」

「あー……なかったかも」

「生姜はチューブのやつがあったよな」

買い物カゴを片手に提げながら、水斗は効率良くスーパーを回っていく。

全部計算尽《ず》く？　夜に向けて、着々と準備を整えている……？　本当のメインディッシュは、豚肉じゃなくて私ってわけ⁉

いやいや、私の意思を水斗は知らないはずだし……性格的に考えても、そんなにストレートに求めてくるはずはない。でも、きっと意識はしているはずだ。あるいはそうなるかもしれないと期待しながら、晩御飯のメニューを決めているのだ。たぶん。おそらく……。

必要なものを購入して、私たちはスーパーを出た。

購入量はさして多くない。話し合うまでもなく、荷物は水斗が持ってくれる。

空は夕方のそれになっていた。もうすぐ夜が来る。一生記憶に残るだろう夜が……。

緩やかな緊張を感じながら、私は水斗と同じ歩幅でぽつぽつと歩いた。

さして気負うでもなく、当たり前の沈黙に身を委ねながら、隣の家族の存在を感じていた。

「……なんか、久しぶりかも」

やがて、ふと呟きが口を衝《つ》く。

水斗が少しだけ、私のほうに顔を向けてきた。

「こんなに緩やかに、時間が過ぎていくの……」

「……最近、何かと忙しかったからな、君は」

「そうね……」

同居に高校と、新生活に慣れながら、頑張って成績を維持して。

二学期になってからは、文化祭実行委員になって、紅会長と出会って。

そして生徒会に入ってからは、経験のないことばかり……。各部活・委員会との折衝や、学校行事の準備――それに旅行なんかもあった。

そして、年越しと同時に水斗とよりを戻して――お母さんや学校の人たちに気付かれないように付き合うのに苦労したりして。

「忙しいのも、何だか新鮮で好きだったけど……」

中学までは、こんなことなかった。

できることが限られていて。世界が小さく区切られていて。

「たまにはやっぱり、こういう時間が欲しいなあ……」

何事にも、スタミナというものがある。

やることが尽きない学園生活を、かつては夢見ていたけれど。実際にやってみると、どうしても疲れてしまう瞬間があって。

そういうときに、一緒に世間の時間から距離を取ってくれる人がいることが、すごく幸福で、幸運なことのように思えた。

私はたぶん、呆《あき》れるくらいに恵まれている。

かつては自分という存在に失望していた。人が当たり前にできることができなくて。どうやったら人並みに生きられるのかと思い悩んでいた。

でも、水斗と出会った瞬間から、すべてが覆ったのだ。

狭いものの見方だと、そう言われても仕方ない。だって事実なのだから。水斗と出会わなければ自分を変えようと思わなかったし、高校デビューしようとも思わなかった。我ながら恥ずかしくなるくらい恋に人生を変えられて、その結果として今の私がいる。

それが、こうやっていい方向に落ち着いたのは、相手が水斗だったから。

今、こうやって隣を歩いてくれているのが、水斗だったからだ——

「ねえ」

一声かけた。

答えは待たなかった。

空いている水斗の片手に、自分のそれをするりと絡ませる。

肩を寄り添わせて、その温《ぬく》もりを感じる。

「どうした？」

「悪い？」

大丈夫。大丈夫。

私の覚悟はバレてない。これは可愛《かわい》い彼女の、可愛らしいスキンシップ——

——いや、たぶん。

こんな予防線すら——こんな意地の張り合いすら——

私たちなりの、ただのスキンシップで。

きっと、準備運動みたいなものなんだろう。

最後の壁を——壊すための。

「…………………」

「…………………」

家に着くまで、もう一言も交わさなかった。

加速する鼓動の音だけを、私は聞いていた。

伊理戸水斗◆二日目・その5

夕食は、滞りなく済んだ。

豚の生姜焼きも特段失敗することなく、キャベツの千切りで指を怪我《けが》することもない。

食事中に気まずい沈黙が漂うこともなく、僕たちは今読んでいる本の話や、四月から始まる新学期のことを話し合った。

「お風呂、先どうぞ」

「いいのか？」

「私、時間かかっちゃうから」

僕は湯船に肩まで浸《つ》かり、「ふー……」と細く長い息を吐いた。

「……よし」

小さく呟《つぶや》くと、いつもより少しだけ丁寧に身体《からだ》を洗い、結女に交代する。

そして準備をするため、二階に上がった。

伊理戸結女◆二日目・その6

お風呂から上がった私は、まずバスタオルを身体に巻いたまま髪を乾かした。

それから満を持して、脱衣所に持ってきた着替えを手に取る。

昨日着けたものの不発に終わり、朝に洗って部屋干ししておいた勝負下着は、どうにかギリギリ乾いてくれた。

この日のために用意したセクシーなランジェリー——私らしくない気もして、普段通り(よりもちょっとだけ可愛い)下着にしようかと最後まで悩んだけど、買ったときの私の覚悟を汲《く》むことにした。

ブラのカップに、念入りに脇の肉を押し込む。亜霜先輩のことを言えはしないけれど、このくらいの見栄《みえ》は女子の嗜《たしな》みだ。

下着姿の自分をチェックすると、その上にいつも通りのパジャマを着た。

「……よし」

小さく呟くと、いつもはお下げにする髪を下ろしたまま、私は脱衣所を出る。

そしてリビングで、水斗と顔を合わせた。

伊理戸水斗◆二日目・その7

風呂から上がってきた結女に、僕は一瞥《いちべつ》を送る。

結女は特に何も言わないまま、僕が座っているソファーに座ってくる。

彼我の距離は、大体一人分。

手を伸ばせば近く、伸ばさなければ、遠い。

「…………………」

「…………………」

今度の沈黙は、気まずいとは思わなかった。

強いて言うなら……そうだな……『面映《おもはゆ》い』ってところか。

胸の奥をくすぐられるような、緊張と安心が入り混じった沈黙が、漂っていた……。

「…………………」

「…………………」

僕は――手を置いた。

結女との間の、ちょうど中間辺りの座面に、自分の左手を。

言わなければわからないこともある。

タイミングを作るのは大変だ。

でも、もうタイミングはできているんだと思えた。

言わなければわからないことと、言わなくてもわかることの中間に、この僕の手はある。

そのくらいの信頼関係はあるはずだと――僕は信じていた。

伊理戸結女◆二日目・その8

私は——手を置いた。

水斗がソファーの上に置いた手の上に、重ねるように。

きゅっと、指先だけに力をこめると、水斗がゆっくりとこっちを見た。

私はかすかに微笑《ほほえ》んで、小さく囁《ささや》く。

「——私の勝ちね」

文字通り——手を出してきたのは、水斗だったのだから。

水斗はふっと、含み笑いをした。

「時と場所を選べば——だろ？」

「……あ」

なんだ。

私、とっくに……ボロ出してたんだ。

「……お兄ちゃんになる？」

「なんで」

「ルール」

「ああ……」

　一年前に決めたルールに、私は抵触している。

「いいよ、別に」

「なんで？」

「今は、家族じゃない」

……なるほど。その通りだ。

　水斗は私の手を握り返すと、そっと音を殺すように、ソファーから立ち上がった。

　私も続いて、立ち上がる。

「……緊張、してる？」

「してる」

　即答した水斗の顔には、なのに柔らかな微笑があった。

「でも、僕に告白したときの君ほどじゃない」

「……忘れてよ、そんな昔のこと」

　私は空いたほうの手で、水斗の胸を軽く叩《たた》く。水斗はそれを忍び笑いをして受け止めた。

　手を繋《つな》いだまま、リビングを出る。

　私たち以外には誰もいない家なのに、階段を上る足取りは密《ひそ》やかだった。

　二階の廊下に上がってくると、私は軽く、握った水斗の手を引いた。

「……ね」

「ん？」

「私の部屋に……しよ」

振り返った水斗に、私は顔が赤くなるのを感じながら言う。

「その……もし血が出たりして……見つかったとしても……」

「ああ……そうか」

水斗も恥ずかしげに目を逸《そ》らして、

「それが、いいな。……そうしよう」

皆まで言わなくても、察してくれる。

今はそれがとても、心地よかった。

そして私たちは、手を繋ぎ合ったまま、同じ部屋の中に入った。

伊理戸水斗◆二日目・その9

ぱちりと電気を点《つ》けると、見慣れた結女の部屋が露《あら》わになった。

片付いてる。いつもは扉越しに垣間見《かいまみ》る程度だけど、生徒会が忙しい頃には、机や床が散らかったりしてたのに。

それに、エアコンが効いていて、暖かかった。お風呂に入る前、着替えを取りに来たときに、電源を入れておいたのに違いない。三月はまだ——肌寒いから。

結女は後ろ手にドアを閉めると、パッと僕の手を放し、ベッドの枕元に置いてあったリモコンを手に取った。それで、ライトの照度を絞り、部屋を薄暗くする。

「あっ、……えっと」

結女は僕の視線に気付いて振り返り、慌てたように言う。

「あ、あんまり……明るくないほうがいいか、なー……と……」

「まあ……そうだろうな、たぶん」

僕は何気なく、窓に視線を放った。カーテンは初めから、きっちり閉められている。

ぽふん、と結女が、ベッドの縁に腰を下ろした。

僕は遠慮がちに、その隣に座る。

結女の手が、忙《せわ》しなく自分の髪を梳《す》いていた。髪の乱れが気になるわけじゃないだろう。

時間の使い方が、わからないでいるんだ。

もう、勝負はついている。

ならば、たぶん……僕が、リードしてやるべきなんだろう。

僕はそっと——結女の肩に触れた。

伊理戸結女◆二日目・その10

「ひゃっ」

思わず驚いた声が漏れた瞬間、水斗の手は離れた。

「あ……」

失敗したと思って、恐る恐る水斗の顔を見る。

水斗は中途半端に手を持ち上げた体勢のままでいた。その姿に、普段の冷静な水斗からは感じられない緊張を実感して、私はまた思わず、ふふっと笑みを零《こぼ》す。

「かわいい」

呟くと、水斗は少し不服そうな顔をした。

その顔をもう少しだけ楽しみたくて、私は中途半端に持ち上げられた水斗の手をそっと摑《つか》み、その手のひらを親指ですりすりと撫《な》でる。

水斗は諦めたように肩から力を抜いて、私が摑んだ手をそのまま、私の頰《ほお》に添えた。

「君も」

息と共に囁《ささや》きかけられた言葉は、途中で少し詰まった。

「……かわいいよ」

よくできました。

心の中で言いながら、私は水斗の唇を受け入れた。

伊理戸水斗◆二日目・その11

深く、深く。

今までは触れなかったところまで、深く。

唇を交わしながら、僕は優しく、結女の肩を掴む。

一度唇を交わして、瞼《まぶた》を開けた。僕たちは寄せた顔を離すことなく、触れているのと変わらない間近から、互いの顔を見つめた。

そしてもう一度唇を触れさせたとき、僕は少しずつ、肩を掴んだ手を下にずらした。

まだ早かっただろうか。

だけど、これから僕たちがするのはそういうことなのだと、今のうちに宣言しておきたいような、そんな気持ちに駆られていた……。

ゆっくりと。

手のひらが。

胸の膨らみに――触れる。

パジャマ越しの感触は、決して感動的なものではなかった。よくわからない、というのが正直な感想だ。

でも、結女は逃げなかった。

その事実が、何よりも僕に勇気を与えてくれた。

伊理戸結女◆二日目・その12

唇を離しても、私たちはただ密《ひそ》やかに息をして、互いを見つめ合っていた。

私の胸に触れた手は、いやらしくまさぐるでもなく、鼓動を確かめるかのように、ただ、そっと添えられている。

嫌な気持ちはしなかった。

この大きく、だけど穏やかな鼓動が、水斗に伝わっているかもと思うと、むしろ安心した気持ちになれた。

私も、水斗の胸に手を添える。

どくんどくんどくん、と速めの鼓動が手のひらに伝わる。

どうしてかな。当たり前のことなのに、どうしてこんなに嬉《うれ》しいんだろう。

時計の音も、息遣いも、いつしか聞こえなくなって、ただ互いの鼓動の音だけになった。

そのリズムが一致したと思えたとき、水斗のもう片方の手が、私の肩を軽く押した。

「あっ」

私の小さな抵抗の声に、水斗の手が止まる。

「……服……」

自然と零れた言葉が、私たちをさらに先に進ませてくれた。

伊理戸水斗◆二日目・その13

背中を向けた結女が、パジャマの裾を摑んだ手を、ぐいっと持ち上げる。

白い背中が一瞬露わになり、長い髪ですぐに覆い隠された。

その姿を陶然と眺めていた僕を、じろりとした視線が刺す。

「……ずるい」

結女が振り返り、責めるように目を細めていた。まずいまずい。僕も脱がないと。

僕が自分のパジャマを脱ぐ間に、結女もズボンを脱ぎ終わっていた。見逃したのは惜しかったかもしれないと思ったのは、だけど一瞬のことだった。

「……………………」

黒いブラとショーツだけを身に纏《まと》った結女が、ベッドの上で横座りをしている。

その姿を見た瞬間、さっきまでは緊張しながらも穏やかだった鼓動が、バクンッ!!　と一気に爆発した。

豊かな胸を支えるブラは、上辺がシースルーになった、およそ高校生が着けるものではないセクシーなデザイン。きっと今日のために背伸びをしたんだろう。それを思うと、セクシーという以前に、いじらしさが胸に迫った。

お揃《そろ》いのデザインのショーツを穿《は》いたお尻をずりっとずらし、結女は赤くした顔で、何かを待つように僕を見つめる。

「あー……っと……」

気の利いた言葉は、とても出てきそうになかった。

「き……綺麗《きれい》だと……思う」

我ながら、なんて凡庸な。

でも、自分のために選んでくれた下着を纏った彼女を、それ以外の言葉で形容するのは、どんな文豪でも無理なんじゃないだろうか。

「あ……ありが、と」

結女は腰を隠すように自分の腕を摑んでいた手を、お尻の後ろ辺りに置いた。

普段からは想像もつかない色っぽい下着姿は、いつまでも見飽きそうになかったけれど、今日に限っては、それは通過点でしかない。

「……ふー……」

自分を落ち着かせるように、結女は長い息をついた。

それから、鼓舞するように唇を引き結ぶと、両手を背中の後ろに回した。

ぷちり。

と——決定的な音がする。

肩のストラップが、明らかに緩んだ。

結女はカップを押さえながら、左右の肩紐《かたひも》を二の腕に下ろす。

そして——

ぎゅっと目を瞑《つぶ》りながら。

震える手で。

ブラジャーを——膝の上に——落と、した……。

「————」

目の当たりにした、何も着けていない結女の上半身を、僕は表現する術《すべ》を持たない。

形とか。

大きさとか。

そういうことではなく——それを目にしたという事実が、僕たちの間の壁を壊していた。

最後の壁がなくなった。

そのことが一番、大事なことなのだ——

「——結女」

「あっ」

気付けば僕は、結女の肩を優しく押し、彼女をベッドに押し倒していた。

束ねていない、長く黒い髪が、野放図にシーツの上に広がる。

その真ん中に、世界で一番大切な女の子がいた。

「…………………」

「…………………」

僕たちは薄暗い部屋のベッドで、何を言うでもなく見つめ合う。

相手は同い年の女の子。それ以上でもあったし、それ以上であり続ける女の子。

彼女以上の存在は——現在、過去、未来、どこを探しても存在しない。

手を、伸ばす。

手を、触れる。

手を、絡める。

隔てるものは、もうどこにもない。

伊理戸結女◆二日目・その14

恋はずっと、わからないことだらけだった。
相手が何を好きなのか。何を見ているのか。何に触れたいと思うのか。
その中に、自分は含まれているのか。
目には見えない相手の心を、妄想して憶測して杞憂《きゆう》して、一人で勝手に悩み込んで。

伊理戸水斗◆二日目・その15

一度はわかった気になっても、すぐに勘違いだと正される。
付け上がるなと、誰かに叱られているかのようだ。
ならば懲りればいいのに、どうしてかまた、勝手な理解をたくましくする。
それはきっと、自分もまた、わかってほしいからなんだろう。

伊理戸結女◆二日目・その16

どんな理解も付け焼き刃で、心を覗《のぞ》けるわけじゃない。
通じ合ったと思った次の日には、すれ違って喧嘩《けんか》している。
でも、繰り返すごとに、進んでいく気がした。

少しでも、わずかでも——壁はなくなっている、と。

伊理戸水斗◆二日目・その17

壁が消えれば、言葉が届く。
言葉が届けば、心が響く。
心が響けば、手を伸ばせる。
手を伸ばせれば、君がいる。

伊理戸結女◆三日目・その1

きっと明日からも、私たちは喧嘩をするんだろう。
どうでもいい意地の張り合いをして。
しょうもないプライドを守り合って。
だけど次の日には、また一つ、相手をわかった気になれる。

伊理戸水斗◆三日目・その2

勘違いでいい。

伊理戸結女◆三日目・その3

付け焼き刃で構わない。

伊理戸水斗◆三日目・その4

それをずっと続けていれば――

伊理戸結女◆三日目・その5

――誰よりも相手のことが、大切に思えるから。

伊理戸水斗◆三日目・その6

「……細っこくて寝にくい……」

僕の腕に頭を横たえた結女が、苦々しげな顔で心外なクレームをつけてきた。

「君がやってみたいって言ったんだろうが」

「だってほら、お姫様抱っこと並んで、女子の憧れっていうか。……水斗は憧れないの？」

「今、一秒ごとに憧れを失ってるところだ。腕がめちゃくちゃ痺《しび》れる」

「夢がないなぁ……」

結女が少し頭を浮かし、僕はその間に腕を布団の中に引っ込めた。

ばふん、と枕に戻ってきた結女の顔は、まだ少しだけ汗ばんでいる。そこに乱れた髪が一房かかって張りついていた。僕は痺れていないほうの手で、それをそっと払う。

「ふあ……寝たいけど、その前にもう一回お風呂入りたい……」

欠伸《あくび》混じりに言う結女に、僕は気遣って言った。

「大丈夫か？」

「ん……大丈夫」

「それならいいけど……」

「心配なら、一緒に入る？」

くすりと、結女は艶然とした笑みを浮かべる。

「そのほうが時短だし」

「……もう冷めてるかな」

「追い焚《だ》きしよ。今日くらいは」

んしょ、と結女は上体を僕の身体《からだ》の上に乗り出してくる。腕を伸ばして、どうやらベッド脇の床を手探りしているようだった。僕はその間、自分の胸板の上で饅頭《まんじゅう》のような形になっている胸を、物珍しく思って眺めていた。

「えっと、確かこの辺にっ……あったあった」

結女が床から拾い上げたのは、脱ぎ捨てられていたブラジャーだ。

上体を引き戻し、ギシッとベッドを軋《きし》ませながら座り直す。それから結女は、拾い上げたブラジャーに腕を通そうとして、

「服着るのか？」

「え？」

「どうせ脱ぐのに」

結女はブラのストラップに手を通しかけた姿勢のまま固まった。

風呂に入るのにもどうせ脱がなきゃいけないんだから、着直す必要はないだろうに。

「い、いや、でも……裸のまま一階に降りるのは……」

「他に誰もいないんだし、大丈夫だろ」

僕は布団をめくりながら起き上がる。そしてベッドを降りると、ぺたぺたとドアに移動

した。

「こんな深夜だし、郵便が来ることも——」

ドアを開ける。

寒風が流れ込む。

ドアを閉める。

「……寒い……」

そうだった。

この部屋は結女が念入りにエアコンで温めていたが、廊下は普通に三月の夜なのだ。三月は冬みたいなもんである。とても全裸で歩けるような環境ではない。

「服……着たほうがいいな」

「あ……そ、そっか……。そうよね……。よく考えたら、追い焚きもすぐには終わらないし……」

結女の声音と表情に、どこか残念そうな響きを見て取って、僕はにやりと笑った。

「もしかして、ちょっとやってみたかったか？」

「そ、そんなわけ……」

「生徒会清楚《せいそ》担当の優等生にはちょうどいい冒険だな」

「なんでそれ知ってるの⁉」

急に羞恥心を取り戻したかのように、結女は布団を掻《か》き寄せて裸体を隠した。知恵の実を食べたイヴみたいだ。

「興味がそそるのはわかるが、服着たほうがいいぞ。風邪ひいても父さんたちに理由を説明できないからな」

「うっ……そんな馬鹿らしいバレ方したくない……」

結女はいそいそとブラジャーに腕を通し、背中でホックを留める。それから床に足を下ろし、その辺に転がっていたショーツを腰を屈《かが》めて拾い上げる。座ったままショーツを脚に通すと、立ち上がって太腿《ふともも》、お尻までずり上げた。

それを眺めていた僕は腕を組んで、

「改めて見ると……」

「え？」

結女が怪訝《けげん》そうな顔で振り返る。ところどころ透けて肌色が見えている下着のデザインが、なおさらしっかりと見えるようになった。

「ずいぶん頑張ったな」

「んにゃっ……！」

「そっち方面の知識はないものだと思ってたが、君も案外耳年増《みみどしま》――」

「うるさいっ！　さっさとパンツ穿《は》けっ！」

顔面にトランクスをぶつけられる。僕のために頑張ってくれたことに感謝の意を述べようとしたのに、余裕のなさは治りそうもないな。

下着とパジャマを着直して、二人で一階に降りる。

追い焚きを待つ間、カラカラになった喉を潤した。人心地ついた後は、眠気を堪《こら》えるためにスマホをいじり、動きが少ない深夜のＳＮＳをぼーっと眺めていた。

「……あ、追い焚き終わった……」

僕の肩に寄りかかってうとうとしていた結女が、のっそりと起き上がって目を擦《こす》る。

僕たちは二人で、脱衣所に入った。

「んしょ……」

結女が服を脱ぐのを見るのは、これで二度目だ。さっきは心臓が爆発しそうになったが、今度は落ち着いていられた。やはり、経験すると余裕というものが生まれるらしい。

僕は手早くパジャマとトランクスを脱いで、洗濯機の中に放り込む。結女はブラとショーツを洗面台の脇に置いていた。洗濯機では洗えないらしい。

「それ、見つからないようにしないとな」

「あー……うん」

結女は苦笑いしながら、自分の勝負下着を見下ろした。

「絶対追及される……」

それから結女は、ヘアゴムを使って長い髪を器用にまとめた。手伝ってやろうかとも思ったんだが、やっぱり毎日やっているだけあって手際がいい。

そして僕たちは、二人で浴場に入る。

シャワーから水が出てきて、「冷たっ」と結女が跳ねた。それを見て僕は、シャワーのノズルを一瞬だけ結女に向ける。

「ひゃあっ!?　もうっ！」

結女が眉を逆立て、僕はくくっと忍び笑いを漏らした。

すると、結女は仕返しとばかりに、濡《ぬ》れた冷たい手で首筋を触ってくる。そんなことをしている間に、シャワーはお湯を出すようになっていた。

僕は自分の身体を軽く流すと、結女の身体にシャワーを当てた。胸の膨らみや腰の曲線を、お湯が川のように流れていく。

「洗ってやろうか」

「エッチ」

「そうだよ」

もう隠す意味もない。

「あとでね」

そう言って、結女は僕からシャワーを奪った。

結女が自分の身体を流している間に、僕は湯船に身を沈める。

湯船の中からシャワーを浴びる結女を見上げた。当たり前だけど、新鮮な光景だ。お互いにこんな格好をしているのにとても自然で、取り繕うところがない。

「ねえ」

肌を濡らした結女が、湯船の縁に手をかけて言った。

「ちょっと場所空けて？」

「狭いぞ？」

「大丈夫大丈夫」

僕が膝を少し畳むと、結女がお湯に脚を入れてくる。てっきり向かい合う形で入るのかと思ったら、結女は僕の顔に尻を向けた。真っ白なお尻が目の前を降りていき、僕の膝の間にすっぽりと収まる。

ざぱあ――と、大量のお湯が湯船から溢《あふ》れ、排水口へと消えていった。

「ふうー……」

結女は僕の身体を背もたれのようにしてリラックスする。

僕はその顔を見下ろしながら、

「なんでこっち向き？」

「あー……ほら、だって……」

へへ、と誤魔化《ごまか》し笑いをして、結女は言った。

「さすがにまだ、正面から裸を見られてると、リラックスできなさそうだし」

ああ、なるほど。

僕は結女の腰に腕を回しながら、

「してる間って、意外と身体見る余裕ないよな。顔と枕ばっかり見えてた」

「私も……顔と天井ばっかり見えてた」

まあ今は――視線を下ろすと、湯面にぷかりと浮かぶ白い膨らみがある。

結女は「はあー……」と深々とした息をついて、

「やっちゃったんだなあ……」

「後悔してるか？」

「んーん。ぜんぜん」

僕の肩に後頭部を乗せて、結女は天井を見上げた。

「先輩に話聞いて、ずっと不安だったけど……終わってみたら、思ってたよりも……」

「気持ちよかった？」

「ばか。きもい」

知ってる。今ならこのくらいの冗談は受け入れてもらえるってことも。

「気持ちいいとかは、正直、まだよくわからないけど……なんか、今までより深く繋《つな》がれたっていうか……満たされたっていうか……」

「まあ、なんとなくわかるよ」

一人じゃない。

そんな感じがした。

「……ありがと」

「何が？」

「頑張って紳士になろうとしてた」

「紳士なんだよ」

「最初だけね」

「………………」

「ふふ」

蕩《とろ》けるように微笑《ほほえ》んで、ずり、と結女は少し身体を沈めた。僕は腰に回した腕に力を込めて、その身体を支える。

「髪洗うのめんどくさー……」

「今日はもう洗ってるだろ」

「あ、そっか」

「汗だけ流して上がろう」

「うん……」

結女の声がぼやぼやとふやけたようになっていて、睡魔に襲われているのが窺《うかが》えた。

「ね、水斗」

「ん？」

「一緒に寝よ」

「上がったらな」

「うん……」

「……ここで寝たら悪戯《いたずら》するぞ？」

「うん……」

「…………………」

「ひゃうっ⁉」

吸血鬼のごとく白い首筋に吸いついてみたところ、効果は覿面《てきめん》だった。

「跡が残ったらどうするの⁉」と怒られた後、僕たちは浴場を出た。

伊理戸結女◆三日目・その7

ふわふわと浮き上がってきた意識の中で、私はぬくぬくと温かい塊を抱き締めていた。

遅れて、他の五感が覚醒してくる。復活した聴覚に、穏やかな寝息が囁《ささや》きかけてきた。そのリズムに身を委ねていると、昨夜の夢のような出来事が、徐々に輪郭を取り戻していく。


ああ……そっか、私たち……。

ゆっくりと瞼《まぶた》を開ける。

ぼやけた視界に、水斗の寝顔があった。

それに驚かない。焦らない。恥ずかしくならない。

私たちは、そういう関係になったのだった。

「……ん、んん……」

私はしぱしぱと目を瞬《しばたた》きながら、半覚醒のまま枕元を手探りした。ようやく目的のもの——スマホを見つけ出すと、画面をつけて時間を確認する。

「……もうこんな時間……」

朝というか、昼だった。

二人分の体温で温かくなった布団が、底なし沼のように私を引きずり込もうとしてくる。

二度寝の誘惑に抗《あらが》うのは大変だったけど、あまりにも自堕落なその時刻表示を眺めていると、勝手に眠気が引いていった。

というか。

「……これ、水斗のスマホだ……」

のっそりと起き上がり、スマホを元の場所に置く。その横に置いてあった自分のスマホを今度こそ手に取って、私は水斗を起こさないよう気を付けつつ、ベッドから足を下ろした。

「あぶな」

床に積まれた本を蹴りそうになった。

そうだった。ここは水斗の部屋なのだ。私の部屋はなんというか、匂いというか雰囲気というか、とにかく変な気分になっちゃう気がしたから、水斗の部屋で一緒に寝ることにしたのだ。

「……ん……」

呻《うめ》き声が聞こえて、私は振り返った。

布団をめくられた水斗が寝返りを打ち、薄く瞼を開けていた。

私は言う。

「おはよ」

「……おはよう」

寝起きのガサガサ声。

「私、顔洗ってくる」

「ん……」

「二度寝したらダメよ。充分寝たでしょ？」

「ん……」

うーん……寝そうだな。でも可愛《かわい》いから許す。

おはようのチューでもしてやろうかと思ったけど、寝起きは口臭キツいって言うし……。自重しておくことにして、私はベッドから立ち上がった。

腰に手を当てて、背中を伸ばす。身体《からだ》の調子は……大丈夫そうかな。

水斗の部屋を出た。そのまま一階に降りようかと思ったけど、その前に思い出して、自分の部屋のドアを開ける。

窓が開けっ放しにしてあった。もしかしたら匂いとかが残っているかもと思って、昨夜、寝る前に換気しておいたのだ。

あとはシーツか……。

見た目はもちろん、やっぱり匂いが気になる。昨夜のうちに洗っておくべきだったけど、お風呂入ったときにうっかり洗濯機回しちゃって、それが終わるのを待たなければならなかったのだ。けど眠気が限界に来てて、そのまま寝ちゃった、と……。

お母さんたちが帰ってくるのは今日の夕方頃。今から洗濯機を回せば、たぶん間に合うはず。

私はベッドからシーツを外し、それを抱えて一階に降りた。

脱衣所に入ると、いったんシーツを置いて、洗濯機から昨日入れたパジャマや下着を取り出す。と、ここで気が付いた。勝負下着、洗面台に置いたまま！

まずはシーツを洗濯ネットに入れてから洗濯機に放り込み、スイッチオン。その後急いで下着を手洗いした。乾かすのは部屋干しにするしかないけど、間に合うかな……。最悪、半乾きのまま隠すしかない。

一通りの作業を終えて一息つき、私はようやく顔を洗った。

思ったよりも大変だあ……。暁月さんが言っていたように、お母さんたちのいる家で隠れて――なんて、ファンタジーもいいとこじゃない？

洗顔を終えて歯磨きに移行しようとしたところで、階段を降りてくる音が聞こえた。がらりと戸が開いて、寝癖をつけた水斗が顔を出す。

「……おはよう」

私は歯ブラシを持ったまま振り返り、

「二回目」

「ん……？」

「おはよう」

水斗は首を傾《かし》げた。本当に寝起き悪いなあ。

私は歯ブラシに歯磨き粉をつけると、それを口に咥《くわ》えながら洗面台の前を開けた。水斗はハネた髪を手で撫《な》でつけながら私の横に並んでくる。

「……あ」

水を出す前に、水斗は回っている洗濯機に気付いた。

「忘れてた……」

「全部やっといたから」

「ごめん」

「なんで？」

「任せきりで……」

寝起きだからか、水斗は素直に申し訳なさそうだった。気遣ってくれていたんだろう。

「いいわよ。別に」

「……ゴミ捨ては行く」

「任せた」

しばらく黙って、しゃこしゃこと歯を磨いた。

水斗は手早く顔を洗うと、私に続いて歯を磨き始める。私が先に磨き終わって、うがいまで済ませたけど、水斗が終わるまでその場で待った。

がらがらがら、と水斗がうがいして、タオルで口元を拭く。

そして振り向いた彼に、私は薄く笑って言った。

「準備完了」

首を傾げた水斗の前に立ち、私は軽く顎を上げた。

「んっ！」

「あー……」

水斗は苦笑いすると、私の肩に手をかける。

私が瞼を閉じると、水斗が唇を重ねてきて、

「んーっ⁉」

舌入れてきた⁉

水斗に捕まえられて、散々口の中を蹂躙《じゅうりん》された後、ようやく唇を離して抗議する。

「朝から飛ばしすぎ！」

「フリかと思って」

くっくくく、と水斗は噛《か》み殺すように笑った。人がちょっと甘えてあげたら……。性格悪い。素直にイチャイチャできないの？

「腹減ったな。着替えたらどっか食べに行くか」

「どこ行く？」

「食費余ってるし、ちょっと豪勢に行くか。打ち上げだ」

「打ち上げって……」

私は苦笑いしながら、水斗と一緒に洗面脱衣所を出た。

ちょうどそのとき、私のスマホが小さく鳴る。

画面に出ていたのは、お母さんからのＬＩＮＥの通知だった。

「お母さんたち、四時くらいに帰ってくるって」

「意外と早いな」

「あと四時間くらいかあ……」

「なら、それまでに――戻れるようになってないとな」

家族に。

と、水斗は付け加える。

私は「うん」と肯《うなず》いて、「でも」と水斗に軽くもたれかかった。

「あと……もう少しだけ」

私たちは恋人。

私たちは家族。

どちらもやめるつもりはない。

そうする限り、私はきっと、幸せでいられるだろう。

明日葉院蘭《らん》◆置いてけぼりの勝ち鬨《どき》

わたしは一人、自分の部屋の天井を見上げていた。
でも意識するのは、頭の中に焼きついた光景。
掲示板に張り出された、白く大きな紙。
いくつもの名前が書かれたそれを見たわたしは、すぐにある場所に向かった。
ある人と、最も会える可能性の高い場所——生徒会室に。
——ホワイトデーって、女子はどうしてればいいんですかね……
——そんなのどーんと構えてればいいんだよ！　どーんと！
——待つだけというのも落ち着かないね
耳慣れた話し声を聞きながらドアを開けると、三人が一斉に振り返った。
——明日葉院さん？　お疲れ様ー
走ってきたわたしは息を切らしながら、それでも足を止めずに彼女に詰め寄る。
——伊理戸さんっ！　見ましたか⁉
——えっ？
——わたし……！

幾度となく繰り返した回想を、わたしは強引に打ち切った。
ベッドから起き上がり、勉強机に置きっぱなしにしてあるそれに、視線を投げる。
半月前に返却された、学年末テストの答案用紙。
それらのほとんどには、『100』の数字が、記されている。
半月前――掲示板に張り出された紙には、こう書いてあった。

『1位　明日葉院蘭』
『2位　伊理戸結女』

ねえ、伊理戸さん。
わたし、勝ったんですよ。
ねえ、伊理戸さん。
ねえ……――

伊理戸水斗◆二年七組

新学期。

と同時に、新学年。

約二週間ぶりに制服に腕を通した僕と結女は、連れ立って同じ教室を目指していた。

「まさか今年も同じクラスとはねー」

言葉とは裏腹に、結女は嬉《うれ》しげに頰《ほお》を綻ばせる。

二年生になるとクラス替えがある。僕たちも今まさに新しい学生証を配布されたばかりで、それには新しいクラスも印字されていた。

二年七組。

一年のときのクラスから、そのまま繰り上がった形だった——去年のクラスメイトを思い出す限り、単純な成績順で配属されているわけではないはずだが、どうやら僕たちはワンセットで管理しておいても問題ないと判断されたらしい。

これが三年になると、進路に応じてクラスが分けられると聞いている。僕は根っからの文系で、結女は理系だろうから、クラスが同じになるのはこれが最後になるだろう。

「暁月さんいるかなあ……。麻希《まき》さんも、奈須華《なすか》さんも……」

「気を揉《も》んでばかりで大変だな。その点僕は気楽なもんだ」

「友達が全然いないのをよくそんなポジティブに言えるわね……」

ドア上のプレートを頼りに、新しい教室を探していく。

と――ある教室の前の廊下に、見慣れた姿がおどおどと挙動不審に佇《たたず》んでいた。

「いさな？」

「うえっ？」

振り返ったのは、誰あろう東頭いさなだった。

肩を縮こまらせたいさなは、僕と結女を忙《せわ》しなく見回して、「あっ」と声を上げる。

「もっ、もしかして……お二人とも、七組ですか⁉」

「そうだけど……えっ？　もしかして……」

「良かったぁ～～～っ！」

心の底から安堵《あんど》した表情を浮かべて、いさなは結女に抱きついた。

「良かったです～～っ！　今年はぼっちにならずに済みます～～～っ！」

「東頭さんも七組なの？」

「はい！」

「えっ、やった！」

結女はいさなの手を握り、きゃいきゃいと跳びはねて喜んだ。

成績的には当然ながら、いさなは僕たちとは似ても似つかないはずだが……いさなのあまりの孤立っぷりに、学校側が慈悲を見せたと見るのが有力だな、これは。

喜びを分かち合うのも程々に、僕たちは新しい教室のドアを開ける。

いくつもの視線が、僕たちの身体《からだ》に突き刺さる。やはりそのほとんどは目新しい顔だった。同時に、「わっ、生徒会の……！」「伊理戸きょうだいじゃん」「このクラス頭良すぎね？」といった囁《ささや》き声が飛び交う。やっぱり結女といると目立つな。いさなはいち早く視線を避けて、僕の背後に避難していた。

「結女ちゃーんっ！」

トビウオのように飛んできた影があったかと思うと、それは南《みなみ》さんだった。

小柄な身体を受け止めながら、結女は「わあっ！」と歓声を上げる。

「同じクラス⁉」

「同じクラス！」

わいわいきゃいきゃい。

お馴染《なじ》みの歓喜の舞を他所《よそ》に、もう一人、静かに歩み寄ってくる男がいた。

「よう、伊理戸」

「君も同じか……」

「嫌そうに言うんじゃねーよ。傷付くぜ？」

川波小暮《かわなみこぐれ》の胡散臭《うさんくさ》い笑みを見て、僕は肩を竦《すく》める。腐れ縁を感じるな。遺憾なことに。

歓喜の舞が終わると、結女は教室の中を見回した。

「麻希さんと奈須華さんは？」

「あの二人は別クラスになっちゃったー。でもほら、みんなが知ってる子もいるよ？」

みんな、という言葉には、結女のみならず、僕やいさなも含まれているニュアンスがあった。

南さんが、教室のとある一角を指差す。

窓際の一番前。

出席番号一番の生徒が配置されるその席の周りだけが、どういうわけか張り詰めたように緊張していた。

原因はもちろん、その席に座る生徒。

とりわけ小柄な体格に厳格な存在感を宿したその女子には、さしもの僕も、はっきりと見覚えがあった。

「あっ！」

結女は驚いた声を上げると、小走りで彼女に近付く。

彼女の周りに張り詰めた空気が漂っていたのは、誰も近付こうとしていなかったからだ。

でも、結女だけが――この教室で一番深い関わりを持っている結女だけが、その領域に容易に踏み込むことができた。

勢い、机に手をついて、結女は言う。

「同じクラスなんだ！　よろしくね！」

何をするでもなく、頬杖《ほおづえ》をついて窓の外を眺めていたその女子は、声をかけられて初めて首を巡らせ、結女のほうを見た。

「……よろしくお願いします——伊理戸さん」

明日葉院蘭は、控えめな、というにはあまりにも色のない声で、そう言った。

継母《ままはは》の連《つ》れ子《こ》が元《もと》カノだった10
手《て》を伸《の》ばせれば君《きみ》がいる

著　紙城境介《かみしろきょうすけ》

角川スニーカー文庫　23571
2023年4月1日　初版発行

発行者　山下直久
発　行　株式会社KADOKAWA
〒102-8177 東京都千代田区富士見2-13-3
電話　0570-002-301（ナビダイヤル）

印刷所　株式会社暁印刷
製本所　本間製本株式会社

◇◇◇

●お問い合わせ
https://www.kadokawa.co.jp/（「お問い合わせ」へお進みください）
※内容によっては、お答えできない場合があります。
※サポートは日本国内のみとさせていただきます。
※Japanese text only

Printed in Japan　ISBN 978-4-04-113458-0　C0193

★ご意見、ご感想をお送りください★
〒102-8177 東京都千代田区富士見 2-13-3
株式会社KADOKAWA　角川スニーカー文庫編集部気付
「紙城境介」先生「たかやKi」先生